朱西甯作品集 7

畫夢紀

朱西甯 著

目錄

上帝是光。這光在黑的底子上驅色，屬于印刷術上的翻陰，屬于底片，在黑的底子上顯形出來。

而人的繪畫根性于叛逆，恰與上帝的繪畫相反；人在白色的宣紙上潑墨。

而無論這是誰的繪畫，黑向白的層次，或者白向黑的層次，兩者之間總是長程，須用光年丈量，何止墨分五色！而夢，便就沉浮于這迢遞無際的長程——

太極太初，無始之始，而至萬代，而至永世……。

我走着一條彎巷。巷子微微往低處傾斜下去，使你走在上面恍如走在順風裏，背後給溫柔的推着，不由自主的踏着一種綿軟的輕快。

我走着，聽着自己不成腔調的口哨。這是一處似很陌生，又似曾相識的地方。我不曾走過，也許在被遺忘的日子裏我曾來過這裏，然而也可能是一種傳說的第六感……

陰雲之下，或像薄暮的時刻裏，又彷彿你的視力已有些疲倦，總是那一類的罷，在沉黯而憂鬱的光度裏，我走着這樣的一條下坡的彎巷，看不到它通向何處，我也不自知我要走去哪裏。

一直不曾留意有一個女子迎面過來，我只顧專心的用我的口哨試探一些記憶中一時走失了的旋律，直待那個女子走得很近，走到面前，好像是憑空這才出現的，我認出她是誰，很家常的一種相遇，她穿着寬鬆的睡衣，我們沒有招呼，那麼木然的錯身而過。

「洗澡去……」懷裏好似抱着到浴室去的要用的一些甚麼。

她不像是要告訴你，只那麼漫然的說明一下她要去做甚麼而已。並且我發現，也不是跟你相向的迎面走來，她只是斜穿過這條不算太狹窄的巷子——勉強只算是一條弓彎着的小街，她要到對街去，和你在這兒不期相遇。大致就是這個樣子。

我遠遠的看到一排四五層的長樓，像是一所新建起來的校舍。

依然是薄暮時的那種沉黯而憂鬱的光度，我手裏握着不知哪來的一枝排筆，長樓前有很空曠的廣場，長樓也是空曠的。廣場該是工地結束後草草犁平的泥地，沒有一點鋪設，一片糟糟的泥濘，散落着幾塊骨骼似的拆除的模板。

在那遍泥濘中，獨有一個黑衫白領的神父，仰望着他自己放上天去的紙鳶。線拉在他的手裏。他站在那一遍糟糟的泥濘中央。天是灰白的，溷濁的，我努力眨着沉重無比的困倦的眼睛，想要追蹤那一絲通向天去的風箏線，想看清楚那是一隻甚麼樣式的紙鳶，眼澀而模糊，我感到我甚麼也看不清……

從這樣的夢境裏滑落出來——無端的，這麼一場好沒有道理的夢。

百葉窗影在夜的灰白的底子上橫畫着一道道較黑的線譜。心裏盤旋着求解的困惑，怎會有這樣一場無來由的小夢呢？起始着思索，以至清醒而全無睏意，漸而彷彿充分的睡眠裏醒來，心靈異常的明澈，如一場春雨過後放晴的清晨；多少洗淨的芽綠，多少靜靜的在吶喊着滋長的安詳，無邊的岑寂……

枕畔是勻靜、柔和，如嬰兒的輕輕的鼾息。已曾與你共枕十年的這鼾息，一種無所求的安心。手熨在她的尚未把衣物穿回去的身體上，這就是嗎？只願這就是人間至美的所謂幸福。你若為此而饜足，你便感念着肢體和靈魂被滋潤在一種安適的膨脹裏，自如的舒展着……

周南南

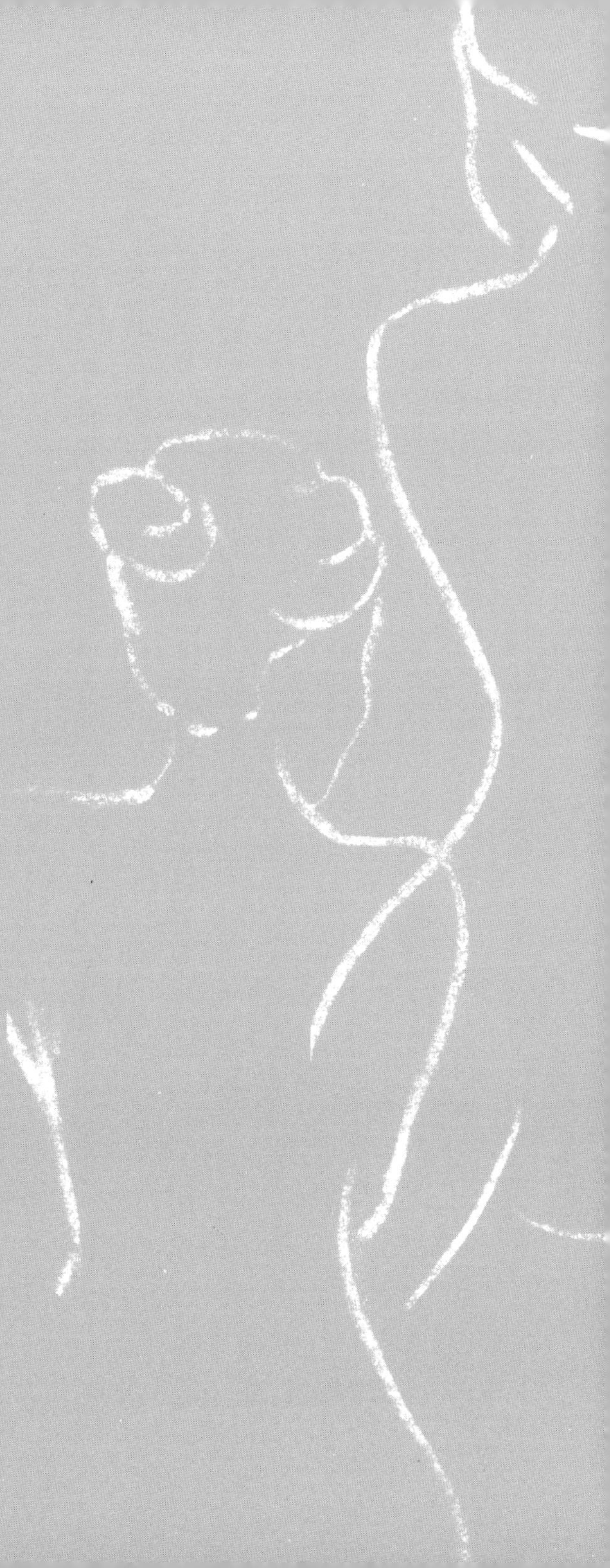

雖千萬人，吾往也——

我不知道是否適切這樣戲劇性的誇傲，把自己感覺得很壯肅的樣子；當我和湧動的散場人羣相反方向的往前走着，我確是有這樣誇張的感覺。

想必你有過這種經驗，一種集會解散的時候，或者戲院裏散場之際，你從很後面的座位上站起來，急急于要到前面去，你不得不獨排眾議的迎着那麼多走不動的人們，擠擠挨挨向前掙扎，多少阻擋，使你擔心會失去你所要得到的那個目標。

留在最後的，是幾位教育局的官員和評判的老師，「嘿，秦老師，還以為你沒接到請帖呢。」教育局的主辦人這樣的招呼過來。

「非常抱歉，」我說。「來遲了，所以就坐在後面沒過來。」

這樣，真好像我是專程為了禮貌才到前面來寒暄的，接着是主辦的科長過來握手道謝。而我，不得不將計就計的一一招呼着。我留意到那位女老師還不曾走。還有那個抱着洋娃娃獎品的小女孩也停留在那裏，單單一個人，不知在等誰。一頭刺眼的黃髮，長長的披散着。

說是到前面來找這位女老師，實在講不通，根本連人家姓甚麼叫甚麼都不知道，只不過評分的那天見過而已。但是你知道，對于一個異性有了意思，你就會像個傻瓜一樣，老想在她面前出現出現，加深她的印象，並且多看一看她。確實，她是個美得叫你只顧關心她是否已婚，而又立時失望的直覺到不可能還在待嫁的那種女人，使你沒有理由的無法意識到她是位女老師。于是想知道她叫甚麼名子的念頭，即使有，也顯得很次要了。

但是低年級組第一名的那個小女孩，我是刻意要找的，而且希望會碰見她的家長，或者她的老師。

「就一個人嗎？」手按在不很熨貼的一頭黃髮上，我彎下腰來問。可能正巧是在場的哪個官員或者某位老師的女孩罷，我不會相信她是一個人來的。可是一眼就看得出來，好孤單的樣子。

她點點頭。頭髮簡直不比她抱着的洋娃娃化學製品的黃髮深多少。

甚麼意思呢？點頭的意思是說真的是一個人來的？我不過那麼不經意的問一聲，根本不會以為一個一二年級的孩子，沒有人帶着，單獨的跑來領獎。怎麼可能呢？我彷彿敏感到甚麼，手幾乎有些尷尬的不知應該立刻從她的頭上拿開，還是仍舊按在上面。

「叫周南南，是不是!?」拉着她手，我坐到鄰座的一張空位上。孩子的手似乎嫌涼了一些，這使我用心的注視着她那被散亂的黃髮遮去了一部分的側臉。

孩子又再點點頭。

這是意料中的。然而另有一個意外，低垂的睫毛上，挑着一滴晶瑩的淚光，要滴落不滴落的，鈴鈴的戰索着。並且一下下緊咬住微微翹上去的嘴唇。

這麼小的孩子就懂得壓制自己麼？「老師陪妳好嗎？」我說。

孩子頭垂得更低，能看得到她在擠着眼睛，好似要把眼泡裏可能有的淚滴擠擠乾淨。

「老師送妳回家，好嗎？」我說。

孩子不作聲，我等待着，不禁瞥一下那邊的那位女老師。她還在應酬性的同兩位男士談笑着。雖然，很可笑的，心裏有一絲不快，但一點也沒有顯出逾越的多看她一眼。

「好嗎？老師騎摩托車送妳。」

「不要，」孩子依然不肯抬頭。「我要等岳老師帶我走。」

真是，害得我這麼敏感的關心起來。我聽見那邊幾位老師互道再見——當然，耳膜上感應的頻率最強的，當然是那位女老師。我看過去，不知哪位才是周南南坐在這裏獃等的岳老師，也許正巧是她。我替孩子找出了不高興的理由，顯然她是被冷落了。對于一個天才型的兒童，這種敏感不算很過分的。

美麗的女老師當真向這邊走來。第一次我領略到那種「款款」所意味着的韻律，大幅的斜裙搖曳有致的左右款擺着，一臉令你發慌的笑容，迎着過來。

原來姓岳；一個一向很平凡却忽然好感起來的姓氏。你會有那樣的經驗的，經過介紹之後的新朋友，你會從他的面孔以及諸處發現他十分應該姓那個姓。

「走罷，周南南。」她說，一面跟我頷首笑笑。

「小朋友等壞了。我還以為她是一個人來的。」小女孩依舊深深的垂着臉。「周南南，岳老師來了。」我提醒她，動動她顯得有些涼的小手。

好像不很情願的，小女孩讓她的岳老師拉着手，頭側到另一邊，懶懶的跟着走。很可能這是個極矯情的孩子。

會場裏沒有甚麼人了。台上的燈光等不及似的一一熄掉。

跟在這一對師生的背後走着，我是很可恥的慾望着那麼美好的款款的背影。然而我忽然感到不解，她是位國校的老師麼？這一次兒童美術比賽，教育局邀請的評判委員分明都是中學以上的美術教員。

「岳老師在國校兼課嗎？」就我所知，這樣的情形不大可能。

「好抱歉，」她側過臉來，笑得好像很開心。「我不是周南南的老師。」

怎麼，我是傻得這樣可笑？我不信會由于動情而糟到這種樣子。我是十分清醒的，決沒有糟到把小女孩的話聽錯了的地步。

「方才……」話剛出口，我又放棄了辯白；覺得那樣反而更傻，更劣勢。

「我倒以為你跟周南南是很熟的。」她回過頭來笑笑。

「不過，我是很想認識。」我嗡嗡不清的說。

我真惱起自己，為甚麼又無端的心虛起來。

叫這位美麗的女老師疑心我跟周南南很熟，那是從何而來的理由呢？不用說，她看到我那份不合理到刺眼程度的評分表了罷？

我會承認的，我的分數給得極不合理；把周南南的分數提高到不能再高的限度，其他小朋友則被壓得不能再低。而所以這樣，無非是希望我的分數能夠發生決定性的作用。那末，那份評分表看在別人眼裏，自然很容易使人誤會其中一定有甚麼私情了。

我是太激賞周南南那幅太有想像力和創造力，並且無拘無束，揮灑無際的圖畫。對于這麼一個不易多見的天才，我懷疑能否受到其他評分老師的欣賞，于是不能不把那些多半仰靠老師或家長等成年人打扮過的圖畫，給分給得非常殘酷。

然而這不合理嗎？對于天才和庸才來說，這是極為公平的。我便是用這個使我自己的良心堅硬起來——十分俯仰無愧的那種心安。

可是我軟弱了；如果不是很想看看這個小天才，我已經不預備來參加這個觀禮的邀請。而我真的是遲到了嗎？真的是來遲了而偷偷坐在後面？

我可以猜想到，疑心我可能和周南南這個小女孩是熟識的，很可能不止這位女老師一個人。但是方才一心只想到前面來看看周南南，一時倒忘了應該避嫌一些才對。

來到會場門外，一地刺眼的陽光。看錶已經是十二點過十多分。
「我請妳們吃午飯好嗎？」我說。
在這樣的時候，這就匆匆的分手，那該是多叫人悵惘。
「那怎麼好意思！」
「時間不早了。」我說。「隨意吃一點，又不是專意請客。」
女老師猶豫着。我知道，我是有點貿然。
「就算妳認為這是請客，可是主客該是周南南，請妳做做陪客。這樣行罷？」
「問問周南南呢？」她說。
她低下腰去，「周南南——」沒等她問出口，小女孩忽然尖着嗓子說：「老師，你不是說你是騎摩托車來的嗎？」
孩子仰着臉，給當頂的陽光刺得皺着眼眉。這個小精靈！你看得出來，她是正好用上這樣扭曲的一張臉孔，來掩飾她不好意思轉變得這麼快的快樂。
「我會騎得很慢。」怕這位女老師不放心，我推着車子過來，又再跟她說一遍。
這我才知道，她並不比我早多少時間認識周南南這個小女孩。「我倒錯把妳認做周南南的老師了，真冒昧。」我抱歉的說。
「岳老師給男朋友帶走了。」周南南插進嘴來說，含着一對麥管。

我們相對笑笑。這位老師有一對笑起來俏皮而稚氣的小虎牙。而周南南，門牙似乎才換不久，有一顆還沒有長足。牙鋒帶着只有新齒才有的鋸齒的尖尖。

「知道嗎？他們談戀愛。」孩子邊吸着可樂說。

你沒看到她多有大人氣，垂着眼，不拿當一回事的隨便說說，就是那個甚麼都懂得的樣子。

我們兩個大人交換了一眼。

也許因為我們都不曾當過國校老師，不知道該怎麼招架這個小女孩，一時都有些怔住。

「我倒很想認識那位岳老師，」我暫時撇開這個小精靈。「能選上周南南這幅圖畫送來比賽，總是不大平凡罷。」

「你也很欣賞那幅畫？」

那音調真有吳儂軟語一般的嬌柔。

顯然我不該疑心她看到了我的評分表。「那我們是英雄所見了。」

「那麼突出，當然誰都會很欣賞的。」

一直都以為沒有誰會看上那幅看似草率拼湊的圖畫——又是蠟筆，又是原子筆，又是剪貼，而且既沒有用剪刀，也不是剪貼用的色紙，你簡直會覺得這孩子太頑劣了。但你碰上一個和你看法相近的人，你會是怎樣的一種心理反應？

我不很知道我自己；由于遇到知音而驚喜？還是發覺並非僅只你一個人才有這種獨到的慧眼，而至感到失望？

也許，這兩種心理都兼有罷。

然而當你遇上這麼一個知音，不幸正是使你發生情緒活動的一位美麗的女老師，一種末能勝過她的勢弱之感，失望會比驚喜的分量略重一些的。

好像為要愚蠢的挽回甚麼，我有一種想要展露一下的衝動。

「不過，我的評分可能會使人誤會有甚麼偏私。」我說，一面玩着叉子，一顆一顆去穿刺盤子裏綠晶晶的豌豆，可說可不說的，掩飾着那點可羞的心理。「當然，還不至于嚴重到那種程度；就我所知，我們所有的藝術學系，到目前還沒有採用過 Drouant 的繪畫測驗法。」我瞥了她一眼，很安慰，她是在很凝神的傾聽。「不過，事後我仔細的推敲過。以周南南這張畫來說，我一項一項的分析過，結果，妳簡直不能相信，即使你給她一千四百分，也不算過分——真的，如果加以好好的訓練，妳相信嗎，她這份天才，真抵得上 Van Gogh, Raphael, Cezanne, Rewbrandt……」

說着，我一直注意女老師的反應。她是專注的傾聽着。本來應該會使人放心的，甚至看來她是在鼓勵着你。可是她那眼窩底下的笑紋，好像猜透了你的用心，使你不免有露出尾巴來的心慌，任你多有自信，也經不起她那樣有意無意的含笑。

「我相信的。」過了一會兒，她說。「我懂得你的意思，像透視、解剖、光的構成、技巧熟練度，所有這些屬于知性方面的，當然不能期望于一個國校二年級的孩子；要不然的話，她會得到——更叫人沒辦法相信的高分……」

她張張口，還要說下去的樣子，却吞吐着停下來，似乎是下意識的撩撩披在肩上的髮梢，專注起努力加餐中的小女孩。

好像有意留空給你看看你自己。而我自知唯獨在這方面，我是一點也沒有藝術家的灑脫，多心多得像個自卑的癟子。我沒有辦法寬慰自己，只能說，人總是這樣罷，在這種光景裏，智能總要降低一些。極力的炫耀，却總是適得其反，被幼稚弄成暴露，弄得很糟、很狼狽。

處在這樣出于過敏性自尊所感到的頹喪裏，除非你放棄了，你沒有理由不繼續補救。

但是女老師只顧着注意周南南，你要把她的注意力拉過來嗎？你喊她甚麼？到現在還是不知道她的姓氏，方才，一度自作聰明的看着她十分應該姓岳，真是可笑。

小女孩在用空茶匙餵她的洋娃娃，哄着說：「乖噢，下次媽咪還帶妳來吃西餐，要不乖，媽媽就永——遠永——遠不帶妳出來……」孩子一旦沉進自己的世界裏，四周好像甚麼都不存在了。

「周南南，給洋娃娃取名子了沒有？」女老師問。孩子側着臉想了想，沒有下文。

「洋娃娃會走路，知道嗎？攙着它走走看。」

女老師偏過身子去教她，我還不曾見過有這種洋娃娃，一步一步抬得很高的走在地上。洋娃娃足有周南南一半高，大約相當于一個一兩歲的幼兒那樣的身高罷。

心裏有一些不是滋味。別看她這麼年輕，對于洋娃娃懂得那麼多，說不定已經做媽媽了。反正是這樣，除非嫁給你；嫁給誰，你都會惋惜那是被糟蹋了。即使對一個全然沒有意思的女孩子，都有這種莫名其妙的感傷，更不必說眼前這位女老師。

「……好乖。走累了罷，媽媽抱抱好不好？……」小媽咪只顧跟乖孩子邊走邊講，以至碰到一盆鋪散的棕櫚，才吃驚的停下來。

「周南南，」女老師問。「媽媽怎麼不陪妳來呢——今天？」

「我媽？」孩子抱起娃娃，腮頰貼着腮頰的疼着。

「媽媽該陪妳來的，是不是？」

「我媽？……」孩子不大專心的樣子。「我媽要上班呀。」

「爸爸呢，也上班？」我問。

「我爸爸當海員，給我買過好多好多比這個還大的美國洋娃娃。」

「那，爸爸好疼妳。」她接過去說。

我叫自己錯覺着，聽她這樣的口氣，別人會認為這裏是一對年輕的父母，帶着他們的女兒在這裏用餐。爸爸好疼妳，那是媽媽好愛爸爸，才老是不自知的在孩子面前重複着這個，似乎也是某一種滿足。在來時的路上，前面坐着周南南，後面是女老師，手那麼坦率的攬在你的腰上，她是這麼一個不懂得忸怩的女孩子。一路上我都在叫自己錯覺着我多麼幸福。不是嗎？看在誰的眼裏，都會心羨着這部摩托車上盛載的何等美滿齊備的一個小小家族！再沒有比這個更來得突臨的歡悅了。

我不知道我自己是否像個爸爸，笑笑的望着孩子。「媽媽在哪上班？」我說。

「你們猜哪？」

我們對笑笑。「那怎麼猜到！上班的地方那麼多。找秦老師猜猜看呢？」美麗的女老師說。

這樣看來，我真不如她，她倒這麼快就知道我姓甚麼。不過我知道，女性們在這方面都很行，再長的外國電影明星的名子，都輕易的記得住。有時一大夥生朋友，介紹過後就記住了。對我那是最頭痛的事。我曾取笑過她們，女人，命定的要留意另外再選一個姓氏，所以上帝給了妳們這個本領。

我一一的亂猜她媽媽上班的地方，為着給小女孩湊趣。而她一一的搖頭，讓披散的黃頭髮亂在臉上，盪來盪去。間或有的職業，不知道甚麼緣故會使她噗嗤一笑，或者埋怨的瞅你一眼，往往使你吃驚這孩子是怎麼學來的這些過分成熟的風情。

「妳會感到不平凡嗎？」躲開小女孩的注意，我暗下裏跟女老師說。「幾乎有些可怕。」

「不，女孩子從很小就懂得這一類的賣弄風情。你可能見得少一些。」

我是充分準備着失望的聽她說下去，不定下面就會說到「我們家那個小鬼……」接着就是使你幻滅的娘們兒腔出來了。女人一提起丈夫和孩子，不管讚揚還是不滿，似乎那種腔調就應運而生，不知有多方便，好像規定要用C調或者F調一樣。

「當然，這孩子是早熟了一些。」過一會兒，女老師像要安撫人似的說。

「跟岳老師，妳們是好朋友？」我問。

「國校同學。不過國校時的同學，大了還有來往，不是好朋友也是好朋友了。」

我們把周南南送回學校，那位被周南南說做給男朋友找去談戀愛的岳老師，還不曾回校。

分手時，望着那款款而去的背影，彷彿這才第一次懂得悵惘的意味。所謂惱人春色，是否就是這個意思呢？真像是一別便將永訣的悵惘，我是常常這麼傻瓜一個的，你能相信嗎？除了一度把她誤會為岳老師，直到分手，還是不知道她姓甚麼。可是又怎樣呢？難道你請人家簡簡單單的吃一次飯，就有資格問長問短，把人家甚麼都審問出來？這也叫做自愛嗎？就算是罷，然而你既打算戀愛，便是去愛別人，就不能自愛太多、太周到。

我不能說這是個新的世界，但總是另一個世界罷。而這個世界因三個人物而成立，周南南，未謀一面的岳老師，無名氏的女老師。三者中的任何一個，都使人牽掛。我發覺大部分的時間都投進這個世界裏去；面對着三個幻影，我唱着獨角戲——雖然你會覺得我照樣的吃喝、談笑、上課，人是本本分分的來去在這個已經混熟的老世界裏，完全沒有兩樣。

要不是念在那位岳老師很可能如周南南所說的，正在戀愛中，而不必戒備又沾惹上一個惱人的甚麼，我便不會打這個電話。

等着接電話的人去找岳老師。我是很細心的選擇了二三節課中間較長的下課時間，打的這個電話。話筒裏傳來學童們那些無意識的噪叫，真是刺耳。

「培，你去過啦？」剛聽到那邊拿起話筒，還不曾張口，就被問住。可見戀愛中的女孩子，世界裏沒有別的人。

「很對不起，我是市中的秦老師。」

「糟——糕！」對方顯然為之一怔，過好一刻才結結巴巴的接上話：「噢，噢我知道了……」說不出那音調是喜悅還是調皮。

聽得出這位岳老師是個很爽朗的女孩子，爽朗得好像從電話裏跳了出來。然而也許我太敏感；那一聲「噢我知道了」。好似人在黑窟裏瞎摸，忽然誰給你擦亮了一根火柴。

「我聽說了……周南南告訴我了。」

電話裏孩子們吵得好厲害。是周南南嗎？剛說是個爽朗的女孩子，却支吾着不乾脆起來。周南南告訴妳，就用不着那麼大驚小怪的了。或許正就是這樣罷，老是口直心快，又老是發覺心直口快得不大應該，而老是笨拙的在那裏掩飾。

在學童嘈雜聲裏，老是為了對方聽不清楚，而要重複的，以至不由得提高聲量一個字一個字咬着對談，好像是在打越洋電話。

我表示很高興周南南有她這麼一位級任老師。我是因為太喜愛這個天才兒童，關心她能否得到專設的造就，才冒昧的跟她連絡。

「不過我總覺得，每個人在童年時期，沒有一個不是愛畫畫、唱唱、跳跳的，就像每一個兒童都是一樣的貪玩、好吃、搞髒。等過了那個時期，所有的這些，就都結束了。」

「對的，我很同意這個看法，不過——」

「所以要等這個時期過去之後，如果仍舊保持着某種傾向，好像……那才能斷定是否真是一個可造就的天才。」

「妳說要等這個時期過去？」我不能同意這種看天田的心理。「可以等的嗎？」我說。在我看來，能選出那樣一張不容易被一般人接受的圖畫送去比賽，這位岳老師應該不是一個平庸的女孩子才對。

「其實，周南南的圖畫，並不是我選出來的。老實說，我不知道那張圖畫好在哪裏。聽說秦老師也是讚賞得不得了？」

「當然。」

「也許我是個俗人；好滑稽，倒落個美名——其實應該說是虛名。」

「這麼謙遜？應該的。責任固然不應該推卸，榮譽也是一樣，應該得的就不應該推卸。」

「才不呢。功勞應該是岳維君的。你知道嗎？我們學校特地請她來替我們選畫的。」

直覺的，我意識到那位美麗的女老師，可能就是他們學校請去掌眼的這一位了。真是一個可愛的收穫，岳維君。要不然，這位岳老師也不會憑空提起一個我全然不認識的人。

到底還是姓岳，要命！可見一個人需要對自己有分信心才是。

「原來妳們倆是一家人。姐妹嗎？」

「跟姐妹一樣親，」對方笑了。「可是她是音樂的樂。我們老是被人家以為……」

有這麼別緻的姓！

但是真糟，為一個人的姓氏，這樣出爾反爾的拿不定，老是自作聰明的瞎疑猜。

然而，樂維君，好一個和她那個人一樣雅麗的名子——這一回大約不會再擰了。

從岳老師那裏，顯然我得不到如期的同情與合作了；不知是作為一個國校教師，給孩子們纏疲了，教書教得很職業了，還是真的不懂美術，抑或人在戀愛中，心再也用不到別處。但美麗的樂維君不會這樣罷？本以為除了我，再沒有誰會欣賞得出周南南的不凡，不想樂維君才是真正的伯樂。

愛情的神祕，使人在渴求的迷戀中，成為一個幼稚的拜神主義者，一切風吹草動，都被自作多情的曲解作有利的，或者不利的，可疑的朕兆。對樂維君，得了失了的幻想太多，期求太急切，以至和她約定去看周南南的再一次碰面時，我簡直糟糕透了，失常得眼皮跳着不停，很不如人的羞羞慚慚，牙齒好像也平白長出一倍，一根根椿子似的，妨礙着你本可以自如的談吐。真是邪死人，從沒有過的這種不體面的經驗。

當你想到上一次初初與人認識，就賣弄起鬼的杜氏評分法，而她偏又比你可能更熟稔那個時，真是羞辱而不能自容，恨不得那是畫在黑板上的甚麼，抓過黑板擦把它擦掉。一路上，心裏就老是被這些羞辱糾纏着。

爬着一層折轉一層的樓梯，她在你的前面，而且是在你的高處，完全坦然的讓你跟隨着。你可知道就算你目不斜視，但你是平視着她的甚麼地方？看來你是十分的規矩，她也是十分的無心。我不知道別人有否這樣的糟，所有女人後膝彎裏那一對可愛的小窩窩兒，總是使我有一種衝動，要伸過兩個指頭去，按進那一對小窩窩裏。非常無聊的慾望。而那兩對小窩窩兒，好像為了考驗你的操行，試試你的膽量，便勾引着你，一直跟你平視的視線不即不離的上下着。

而當你的道德感偶爾干涉你的時候，你會有一百個無聊的理由給自己辯護；你自然會嘲笑起浪漫主義的幼稚病：我們的愛情是純潔的，真是好得很的情話。但我想像不出，沒有性慾的愛情，會是怎樣的一種愛情。當然，你辯護也辯護過了，嘲笑也嘲笑過了，而你還是必須感覺着那是你卑污的一部分，必須嚴密的隱藏起來。那末在她面前，你就不得不心虛的卑微了，羞恥了，眼皮顫抖，而牙齒成了一根根木樁人。

隔着紗門和沒有拉攏窗帘的落地長窗，我們一眼就看到周南南仰臥在拼花地板上看書。一地的色彩強烈的畫畫書和畫報。周南南臥在凌亂當中，頭頂對着外面，高額擋住了臉。只有顯着的，這麼大的孩子不常見的挺拔的鼻子，從高額的小丘那一邊聳立上來，好像山的後麓有一座玲瓏寶塔，塔尖透空而出。

「周南南，妳好自在喲。」你能夠聽得出她的聲音裏，流出多少歡悅和親愛。我被感動着，好像心裏不曾有過這樣的歡悅和親愛，這才因她而被觸媒出來。那末，你會預想到周南南發瘋一樣的衝出來，抱住我們，跳着，叫喊着……

孩子像從惡夢裏醒來，在地板上連跪帶爬的幾乎慌得摔了一跤。她奔過來。她奔過來的時候，你才發現這客廳好大，大到容許她跑着，遲疑下來，然後慢慢的走近紗門，這其間似乎是很長的一段時間。我們注意到她亢奮的臉蛋兒上起了變化，忽有一種莫名其妙的表情，冷冷的，彷彿一時間認不得我們的樣子。

就在樂維君等不及似的伸手去拉紗門的同時，很突兀的，孩子拉過玻璃門來一搡，發出很大的聲音。門一下子碰上，好像打到鼻子上來，迎面傳過來一股子風。

我們不解的對望着。

門裏有上鎖的聲音；那是說，喀嗒一聲，斯必靈鎖的固定栓推上去了。從這個四樓的樓廊望出去，一城金色的夕陽，一直金到繞着這座大城的起伏的遠山上。

「妳做甚麼？」裏面有婦人叫嚷。「叫妳關門輕一點。妳要做甚麼？……」

孩子要做甚麼，我們看不見，但只見可可色的織花窗帘，從兩邊急急走向中央。就像舞台上的走幕。劇本上寫的是「幕急落」。

婦人繼續的在那裏干預孩子。聽來那是老式的語言，聲音也很蒼老，不可能是周南南的母親。

我們着實猜想不透被拒絕的原因。

「除非……」這位女老師思索着說。「也許這孩子視覺忽然出了毛病，我們變形了——當然這太荒謬……」

太意外的被拒于門外，我們簡直遺忘了一樣，記不得原是為甚麼來的了。

樂維君拉開紗門去叩門，有些生氣，好像索性甚麼也不管了的樣子。

門外的地上只有兩雙鞋子，一雙一定是周南南的，黑皮鞋，從沒擦過，後跟踩裂了線，另一雙分明是老太太的鞋子，那種沒有款式，一直向前窄過去，顯得很貧寒的皮鞋。

我們聽見了孩子不要不要的嚷着，發生爭執，門被碰出咚咚的響聲。「呵，又闖了禍呵，讓人家找上門來啦，我就說是嘛……」

門還是打開了，比想像——或者應該說，比聲音要年輕些的老婦人，胖團團的，沒有下巴。你會想到兒童的手工品，很沒有技術的布娃娃。圓頭抹腦，五官是用黑筆畫出來的平面圖。

「我們是周南南的老師，特地來拜訪貴家長。」樂維君申明的說。但是我們沒有看到周南南。

「請進來請進來，」老太太的五官畢竟不是畫出來的，非常喜樂的聳動着。「鞋子不要脫，沒有關係的，不要脫……」

我們還仍鞋子脫了，老婦人吵架似的嚷着嚷着，還是給我們找來了拖鞋。「真是的，哪有這種鬼孩子……」耳邊一直嘀咕着道歉和對孩子的叱責。

算是五房兩廳罷，我還弄不清廚房和衛生間算不算「房」。站在客廳中央，掃掃眼便可以一覽無餘這幢雖然夠得上華麗，設計却很貧乏的公寓。

老太太還在衝着那扇緊閉的房門喝斥。「算了，別逼她了。」我說。穿着又平又薄的拖鞋，會使人老是覺得挺不起胸來，打不起精神。躲開滿地的畫報，我走到弧形的長沙發前坐下來。

「南南的母親呢？還沒下班？」樂維君四周看了看說。

由于那一面整個長窗都被窗帘遮住，室內開了燈，給人很晏的感覺。

「哼，她有媽倒好了。」

老婦人氣虎虎的，丟下一句話就走了，走到廚房裏。好像說了很容易被人戳穿的謊言，急忙的走開，不敢待在這兒。

「妳記得罷，周南南說過她母親在——」

「是啊，好像是在航空公司上班。」

好似心裏都有了數，我們對看一眼。她是被窄裙緊緊裹住，很喫力的疊着腿蹲在那裏，一本本去撿地板上的畫畫書和畫報。那樣緊的洋裝綳在身上，如果是剪影，你會以為她是裸着身體。

「就是為了這個，我猜。」她望了望那面緊閉的房門說。

我會意了。

「叫你們做老師的說，」老婦人端過茶來。「天底下有這種媽媽嗎？」

老婦人一生起氣，下巴越發的收縮得一點點輪廓也找不出來了。

「算我那個甩兒子，哼，瞎了眼！天底下沒有這樣的媽媽，沒有這樣的女人。妳放着，這位老師，等南南來撿。嗐、鬼丫頭！從早到晚，你就跟在她後邊收拾好了，收拾不完，你就不知道那個亂法兒……」坐下來，老太太的苦水可就多了。寂寞的老人，要怨的，太多。兒子當海員——這一點，周南南倒沒有撒謊——一出遠洋，少則大半年，多則一兩年。「漂洋過海的，我都當作沒這個兒子。可是行業是個苦行業，收入比誰都闊呀，你叫我有甚麼說的呢？兒子終歸是自己皮裏生，肉裏長的呀。」但是只有老人才忍得住的寂寞，做媳婦的忍不住了。「妳有甚麼可說。」老太太朝着大門那裏怒視着，好像她的媳婦就在那兒，靠在門旁，或者倚着以城市為背景的樓欄，規規矩矩的聽着她的數落。「你們也是自由戀愛，沒誰逼着，沒誰硬求着。妳又不是不知道我兒子幹的是海員。噢，吃的、穿的、玩的、樂的，都讓妳佔盡了，那是哪兒來的？怎麼來的？妳不想想我兒子那個苦法兒，成年成月的見不到陸地，風啦浪啦，來的易嗎？……」

我們只有耐心的聆聽着，跟着她一刻也不停的手勢轉着眼睛。漸漸的我們倆簡直成了她庭訓的兒子和媳婦，手勢直接衝着我們而來。「真是啊，沒有羞恥的賤女人，妳就守不住了！我都替她沒有臉哪，我這張老臉要按在地上搓了。想妳男人九歲就死了爹，我要是像妳這麼下賤哪，不是我一把給他拉拔大，妳男人有得今天？我兒子又不是死了，留在外洋不回來了，妳就守不住啦？……」

我們豈止是只有靜聽的分兒，根本就像是被訓斥得不敢還口，我不知樂維君心裏怎樣。我是不時的瞥着那邊緊閉的房門，記掛着悶在房裏的周南南。

我不知道這種情況的周家，是否有甚麼親朋上門；但一定很少，似乎可以斷言，所以把這麼一位老太太弄得如此恐慌。彷彿一直不見人煙，可也有人上門來，一把抓住我們再也不放了。

「好不好去哄她出來呢？」我掩着嘴巴，偷偷跟身旁的樂維君說；一面加倍熱切的注視着老太太，生怕被她發現作為聽眾的我們，太不夠專心。

「要上衛生間是罷？在這邊，在這邊。」

老太太還是很厲害，沒有甚麼能瞞得住她那一對淩厲的小眼睛。做她的兒子或媳婦，恐怕也會感到很吃力。

樂維君凝視着茶几上她帶來給周南南的一本世界兒童畫展的畫集。不用說，那樣精美的珍品，她一定是很疼惜的。我給她進言過：「其實不必送她，讓她翻翻看看就行了，那麼大的孩子，還不懂得好好的收藏……」

「可是我覺得，這裏面沒有哪一幅能夠高過周南南很多的。」

「所以不值得珍藏了？」

「真的是。」她認真的說。

「沒想到，妳比我還迷着這孩子。」

而我只帶給孩子一盒很廉價的三十六色粉蠟筆。

樂維君用她的畫集和這盒粉蠟筆，湊近了房門的門縫不知道遊說了多久，始終沒有絲毫反應，我真懷疑她那樣，不過只等于對着一面牆在白說一陣廢話。

「別理她，這個鬼丫頭片子，活脫脫就是她媽媽那個賤脾氣——屬發條的，越擰她，越上勁兒罷……」

可是怎麼能不理她呢？可能問題正就是理她的人太少了。

我說她是天分高的孩子，一定要好生培植才是。

「鬼精靈是有，跟她爸爸一樣，眼珠兒一轉就是一個鬼主意。我是說，不如拙實點兒——女孩兒家，心眼兒不好太活了。」

我說孩子的美術天分尤其高，不加意的培植，實在太可惜。做祖母的不很懂，我解釋着。

「咳，不用說你老師頭大，家裏更是惱着她這個；亂畫呀，她自己那間房裏，你沒看到，好好的牆，才粉的，到處鬼畫，連天花板上都是，也不知道是怎麼爬上去的，萬一捧了你說怎麼辦。老師你就別管，儘管給我好好的處罰，要敢在學校也那樣亂畫的話……」

我怎麼說呢？

孩子一直堅決的不露面，聽不出裏面有任何動靜。也許無聊的睡着了，也許如她祖母所說的，躲在裏面鬼畫起牆壁。

「算了罷，」樂維君好像很沒有力氣的站起來告辭。「這樣逼得她躲着不出來，對她簡直是苦刑。」

「你們真是有些大驚小怪，」那位岳老師嘲笑她這個小學同學說：「撒謊大王，班上出了名的蓋仙，妳去管她幹嘛呢，管也管不好；長大就好了。」

「我很替我這位同學悲哀，完全職業化了。」樂維君述說她去國校探望周南南的時候，不禁的嘆傷起來。

孩子被叫到辦公室裏，樂維君給她帶去一盒糖果。但是周南南很使她尷尬，「糖果有甚麼好喫的！」好不屑的背過去，連多看一眼都好像被羞辱了。

「幸而她老師沒有在一旁看到，我怕我那位耐心被磨掉了的同學，發現孩子給我的難堪，會很暴躁的處分她。」

「是，」我同意的說。「看得出來的，缺少愛的孩子，會是那樣矯情的。」

「恐怕還不止是矯情。如果不是個對甚麼都不在乎的孩子，即使很矯情，也不會對誰都隨便發作。我看到還有別的被喚到辦公室的孩子，一律都是誠惶誠恐，緊張得周身發硬的獃相。唯獨周南南，你沒瞧見她甚麼都沒看進眼裏的那副傲慢的神情。」

她說着，不自知的學着做出她自以為那就是桀驁不馴的表情。但她很失敗；那種呢喃軟語，和眼底生就的笑紋，美得那樣溫和，實在叫你找不出在一個搞藝術的人身上常見的那種不近人情的孤傲或激動。

「妳不會生氣罷？」

「沒有啊！」她顯得訝異，似乎很驚奇為甚麼我會想到這上面去。「我問她愛吃甚麼，下次我帶去給她。哈，猜她怎麼回我？……」

「怎麼說？」我看着她笑吟吟的眼睛，等着她。

「我猜這孩子，受她祖母影響太深了。完全是她祖母的口氣：我才不吃下賤的糖果，除了巧克力。」

她又做出一點也不是那種味道的桀驁不馴的表情。

「而且還強調，要美國巧克力。——你知道那是甚麼心理嗎？」

我想了想。「我知道，照說，孩子們並不愛吃那種苦糖。」

我託一位搞洋務的朋友買到美軍PX的巧克力，好像敲碎的一塊塊碎磚，叫人想到彫塑用的油泥。

因為覺得這樣乾硬的巧克力不會放壞，就沒有急于想去看周南南。而和樂維君，一如當初不顧落俗的忙着去請問芳名，我是遲遲的不知怎樣去刺探她到底是一種甚麼情況；或者藉着拉她一起參加畫學會的理由，讓她填一填有「已否結婚」的甚麼表。但我實在不知道有沒有那樣的表格。多幼稚的幻想！我真不能相信自己會愚蠢到這種程度。朋友都說，已婚或未婚可以看得出來的。好惹人反感的齷齪的世故。

那麼美得耀眼的女孩子，還會等到我愛麼？哪有那樣的消閒！我的怯懦，無可救藥，連本想常去看看周南南，出于真心的情感思念，也都心虛的覺得成為藉口，害怕她見疑。「你害怕她疑心幹嗎？」朋友罵起我來，「就是要她確知你在愛她才行。」朋友常拿當局者迷，逼着我讓他們說服。我是承認我有些迷亂了，但是局外人又怎能比局內人對于那些只可意會的微妙了解更深呢？不可能的。雖然先後兩次約會，樂維君都很乖的接受，而這，最好不要自作多情；對于周南南，真的，她是比我更愛得懇切。很乖的接受你的約會，一起去看周南南，太可惜是高興有一個合適的人給她作伴而已。而一個已婚，或者已經訂婚的女孩子，只要她那個男人不是個甚麼都管住她的混蛋，她會對你根本就沒有顧忌的。

巧克力有多濃烈，朋友的熱切就有多濃烈；一如巧克力的那股苦和甜的滋味，正就是從朋友的苦心和好心裏提煉而來的一樣。我知道的，我體會得出來。然而巧克力是個好藉口，我仍然還是蹉跎着，痛苦的遲疑着，直等到樂維君打來電話告訴我，「周南南的爸爸回來了，找個時間去看看好嗎？」

我說：「好的。」心裏很羞慚的覺着，看她有多磊落坦蕩啊！

老太太無知，但是做爸爸的，一個海員，見識不會很貧寒的……直到我們來到周家門前的樓廊上，我們是一直的這麼相信着。

夕陽穿過樓梯口的花磚壁，斜過來投在這一排落地窗上。窗帘嚴嚴的拉攏着，變形的古錢圖案一抹的撒上去。窗玻璃上恍惚的古錢花紋，彷彿氟刻上去的；而襯在後面的窗帘，則像沒有對準的套印，那像一種金黃底字印着可可色古錢圖案的壁紙。

望着緊閉的門，一片靜悄，我們擔心這一家人都出去了，雖然門前照樣的凌亂着幾雙不打眼的男鞋和童鞋。

樂維君淡青單色的洋裝背上，也被套上了一部分花磚的影子。我們叩過第二次門，悄悄的等着。可惡的斯必靈鎖，使你從外面看來，弄不清裏面有沒有人在。你只有試着在這裏傻傻的等候。

「我們真有點兒發瘋。」她自語着，略略的走動一下，似乎存心的要磕響着鞋跟，一下一下清脆的響聲，等于一下一下的代替了叩門。

我靠到樓欄上，欣賞着她那種特有的款款。

門開了，一點聲息也不曾發出，以至當我們發現時，穿着繡花睡衣的男人，好像站在那兒不知已有多久。

你簡直覺得他是含着怒容站在那裏。一眼看去，他是周南南的爸爸，沒有問題。但一點也不是想像中，那種黑、壯，甚至粗圓的胳膊上有刺青的海員。

「我們是周南南的老師，聽說周先生回來了，特意來拜訪您……」

好有效的說明，不等我把來訪的意思說完全，剛說出我們的身分，冷冷的臉便如同一副面具一下子摘掉。

然而坐下來，樂維君只一句話，這個海員爸爸立刻又戴回原來的那副面具。

「周南南還沒放學？」我不懂得，這怎麼會忽然戳了他一刀般的叫他冷下臉來。

我是真的比樂維君遲鈍得多——不知道是否所有的男人都比女人的反應遲一步。樂維君已經在解釋我們並不是周南南的「親老師」，從頭說起兒童美術比賽的事情，這才我明白我們被他疑為來意不明，冒充甚麼的歹人——哪興做老師的弄不清學生甚麼時候放學的道理。

如果是個想像中胳膊上刺青的海員，也許樂維君不知要費上多少唇舌，才能給他說清楚我們來訪的意思。但他是個很明理，反應也很快的人，對我們所起的疑心，不等樂維君把意思說完全，他的冷臉又重新暖和起來。

我們發現他只有兩副面具，非此即彼，彷彿他的人生本就是二分法的那麼簡單。然而想讓一個與藝術向無夙緣的海員爸爸，明白他唯一的女兒多有藝術天賦，多麼該向這上面發展，多需要上心上意的培植，似乎並不容易，就像他實在不懂得孩子房裏的那些壁畫有甚麼好是一樣。

你不太覺得出這是一個八九歲女孩住的臥房，說不出來的一種氣候，你也想像不出孩子在她獨有的這個房裏做些甚麼樣的活動。

不知是在何種心理狀況下，對于她的洋娃娃們要作那樣的處理；大的，小的，硬質蠟製的，國貨的，外國貨的，柔軟像真肉的塑膠質料的，以及她所得到的那個獎品洋娃娃，沒有一個不是被肢解了。而被肢解的程度，可以令你驚訝不像出于不僅不夠靈活的八九歲女孩的手指，也不是八九歲女孩所能承荷的知識和情緒，雖然我並不懂得兒童心理學。

「妳還記得罷，」我低低的說：「妳說的，像技巧熟練度、解剖學，屬于知性方面的，不好用來期望一個國校二年級的孩子——」

「你也發現啦？」

窗帘上，垂下一根根細線，每一根細線吊着一塊洋娃娃的肢體或頭顱。完全不是孩子——甚至一般人的觀念那樣，就着洋娃娃本身結合的部位拆卸開來；或者頭一處，兩腿、兩隻手臂各一處，剩下胴體一處。完全不是這樣習見的觀念。我們檢視着每一塊肢體，不知用一種甚麼細巧而鋒利的刀子所割解的刀口，使你不能相信這孩子能有那麼豐富可怕的肌肉知識，而且也使你不能相信只是一種巧合，一種偶然的暗合。

有些製作比較精緻的洋娃娃，我們留意到，腿部比較看得出一些接近寫實的肌肉的紋理，但是臂和肩的三角肌、雙頭肌之類的紋理，那是完全找不出絲毫痕跡的，而她的刀口是表現得那麼肯定而自信，雖然有少數的一些是完全錯誤的。

你沒有辦法理解孩子這種近乎魔法的神祕作為。對此，你能作何解釋呢？

特別是頭顱部分，可以開合的活動眼珠，一一被摘掉，屬于每一個孩子都可能有的行為，本沒有甚麼可足奇怪的；但是一些畫成的死眼珠，被挖掉，那種肯定的刀痕，簡直使你相信這個小女孩連骨骼的形狀和結構都很熟悉，這便尤其不可解了。

我發現到樂維君在她審視這些被肢解的屍身時，一直是皺緊眉心，印堂間有很深的溝。她那眼底下的笑紋雖然依舊，但能感覺得出，她是不會有比這更嚴肅的形容了。

「你認為——有沒有偶然的可能？」她反覆的研究着一顆被繫着金髮吊在半空的首級，眼睛不曾離開那上面。

「偶然是沒有複數的。」

「我也是說呢。」

「這個孩子，咳，」孩子的父親又一次進來，手撐在繡花睡衣的口袋裏說：「我看是沒有辦法了。」

我們不明白這個做父親的意思。然而我也沒有深一層去理會這個父親從何而發的感嘆，我只聯想到米蓋朗基羅潛進教堂裏偷屍解剖的情景。

正如周南南的祖母前番數說的，牆上，乃至天花板上，到處貼滿了孩子的傑作；不是小學生的手工，即使中學的女孩子，也不免還停留在剪貼一些電影明星照片的通俗趣味裏。而周南南直可視為作品的這些壁畫，除非你把它作為整體看，甚至一面牆壁作為一個單元都還不夠，更不必說你能把它分出一幅一幅的來欣賞。而且更不必說你還能在那樣撕貼的作品裏，指出這裏是日本神社的櫻花海，那裏是褒曼的門牙和尖銳的唇角；或者這裏是黃石公園的彩印郵卡，那裏是威尼斯的水光，議員競選的第七條政見，禁止六歲以下孩童入場的戲票。然而不再是這些，但拼合了這些。把這些來自畫報、化粧紙、洋菸盒、汽水廣告、電影海報、風景畫片等等，破壞了，打散了，揉綴了，然後組合經營，綿亙的延伸過去，無限的無限的遠去，或者一層一層一層以至千百層的瘋狂的堆疊，從奶色的壁上凸出來……

而我們作為美術教員，甚至作為評選委員，我們傻瓜一樣的站在那裏，我們懂得甚麼呢？懂得多少呢？

也許唯一的發現，使人羞于說出口，這個小女孩最突出的特色，乃是她所使用的工具，除了手指，還是手指，手指之外仍然是手指，只不過用了一點粘合的飯黏子而已。可是你說得出口這是你從孩子的作品中所唯一得到的東西嗎？跟樂維君說得出口嗎？你讓她感到你是如此無知？你已經是唯恐你的優點向她展出得不夠，豈可暴露你的短處？沒有人在愛情的投資上，肯于這樣謙虛的。

「妳是沒有剪刀，還是覺得妳的手指比剪刀好用？」我忍不住的問起周南南。

仍然在前次請她和樂維君吃午飯的這家咖啡廳。瞧她埋頭貪吃的樣子，你一點也不能說她不是一個地地道道八九歲的孩子。然而這麼一個簡單的小女孩，怎麼能夠載重那麼深奧的心靈？
「妳覺得呢？」我又盯着問她。
「覺得甚麼？」
她根本就沒有聽你的。
「妳那些剪貼，是因為沒有剪刀，還是妳認為手比剪刀好用？」
「當然啦。」
「甚麼當然？——妳認為手指比剪刀好用？」
「奶奶不准我動她的針線盒。動要捱她罵死。」
這就是深奧？真叫你苦笑。可是她是個乖孩子嗎？
「妳肯聽祖母的話？」
「我好怕開針線盒，」她說，「指甲都摳痛了，才打得開。」
「甚麼樣的針線盒，蓋那麼緊？」
「我怕裏面好多鈕扣。」
「妳怕鈕扣？那妳不是跟蔡麗麗一樣——」
可是老天，她哪知道甚麼蔡麗麗！
「人家才不怕鈕扣呢。」孩子笑起來。而且一笑再笑的抖動着窄窄的肩膀。大約在她看來，怕鈕扣這件事，多麼夠滑稽。

「你好笨！」她說，好像她是你的老師，但是又很疼愛你，用的是那種矯作的責怨的眼色。她把「笨」字發作「ㄅㄡˋ」，屬于一般學校裏流行的變音。

「妳不是說了，妳怕裏面好多鈕扣？」

「說你好笨嘛！」

這個可惡的小女孩，真是使你緊跟着她屁股後面追，也追不到她；你不是追岔了路，就是遙遙的被她丟下，追不上她。

「我怕猛一打開，鈕扣崩得到處都是，真叫人氣死。」她瞟你一眼說。

「我才不要爬到桌子底下一顆顆去撿呢，討厭！麻煩死了。」

那一對很深很清楚的雙眼皮，始終耷拉着，噘着嘴，難得看你一眼。

想起樂維君所說的，女孩子從一點點小，就懂得跟異性賣弄風情。

她放下叉子，顧盼着張開的雙手，這才想起從頷下扯下餐巾，很大人精的，擦着指頭能挺得好彎的一雙瘦手，十足的摩登仕女的派頭。

可是當你看着她伸長了舌頭，像隻貪嘴的小狗那樣，一無忌憚的猛舔着嘴巴的四周，一再的猛舔着，你又不得不感到她是非常的兒童起來。

你是統一不起這個複雜的孩子的，隨時她都在推翻你對她所作的認定。

一如方才從電影院裏散場出來，老遠的發現她，看上去不知是被多重多重的心事沉沉的壓着，好似很疲憊的樣子，由着身體歪斜的搖晃着，一副妖怠相的往前趦趄，使你感到這孩子無賴得不知有多油條，一下子就肯定了她的墮落。然而當你喊住她的時候，認出人叢裏的你，跑過來抱住你的腰，高興得直跳，立即又成了另一個孩子，「秦老師，秦老師……」一疊聲的尖叫，又使你覺得這孩子傻得沒有半點兒心眼，不管你怎樣，就那麼膩了上來。像那些稍給一些好臉色，便爬到你頭上，經不住慣的討厭鬼。

「一個人來看電影？」我也是好樂，手插進她黃黃的髮根裏，不自知的緊緊攥住一把似乎有些黏濕的長髮在手裏。為這個意外的碰見，而立刻感到這是個精彩的禮拜天。

「不是好多人嗎？」她往那些散場的觀眾噘噘嘴。

「妳跟老師淘氣？」瞧着她縮縮脖子的頑皮相，使你錯覺這個孩子足夠做你的女友。

放下餐巾，你看看她那副大女孩的模樣！臉仰後去，把頭髮搖搖直，用翹像泰國舞的兩隻瘦手，一下一下抹着兩鬢。你不知道她是跟誰學來的這一套風塵相，學得這麼精到。好黃的一把長髮。

「南南，妳不是很喜歡妳那個洋娃娃嗎？」我想起那天她在這裏用空茶匙餵她的洋娃娃，口口聲聲媽咪、媽咪的哄着。

「喜歡哪！」那神情似乎忽然怪我怎麼對她的愛心疑心起來。「秦老師，你不知道他們有多傻瓜。」

「說誰是傻瓜？」她是說那些被她肢解了的洋娃娃？

「他們！當然是他們啦！」她老是把你看做好無知的瞅你一眼，又埋怨的笑笑你。你會感覺她是把你當做洋娃娃一樣的疼着，而她自居為「媽咪」。

「當然是同學啦，你都猜不到！」她是那樣的不滿于你這麼笨，撇出水凌凌的下唇，肉活活的那麼嫩紅。

你不能相信這和上一回在這裏的她，同是一個小女孩。在那片肉活活的嫩紅上，我看到樂維君那令人心生熱烈的嘴唇。彷彿是可以替代的甚麼，同時也令你可惱的別別的心跳起來。

然而你儘管放心，你可以全無恥意的坦然着你做老師的溫厚，你不過是在和一個八九歲的孩子逗趣兒而已。

「所有的同學都是傻瓜？」我問。眼睛一直膠着在那片令人心生熱烈的小嘴唇上。

「連岳老師。」

「不是樂維君老師罷？」

「當然。我要是說樂維君老師傻瓜，你一定不高興。」

「瞎說！」你沒瞧着這小女孩多麼得意，身子快活的顛跳着。「為甚麼我會一定不高興？」我真不該這麼問，好像認真的要誘使這孩子懂得她不宜懂得的甚麼。

「我不曉得。」她說。很使壞的在抑制着一股笑的衝動。

我看她盡力的在使擺成十字的刀叉所隔成的四個象限，調整着能夠更準確的四等分起來。

無論如何，作為一個成人，也不一定辦得到。叉子的粗細不一，至少可以假設出一條等分的中線，中線的兩側總是對稱的。而刀子，則是不規則的彎曲，令你捉摸不出一條準確的等分中線。但是這小女孩，用心的調整着，修正着，當做一樁極莊重的事情在處理。

「那他們都傻瓜到甚麼地步？」我問她。我把我的叉子送過去，替代那柄使她太費周章的刀子。「不要！」她是不甘心似的固執着，仍然換回她的刀子。

「他們笑我。」她仍不放棄她的努力。「我才不要笑他們呢，笨蛋！」

但你看不出她是在仇恨誰，那不過是一種討厭，或者不屑的情緒。而你追問着到底是怎麼樣的傻瓜時，她可又跳開了：「秦老師，我猜到了，你一定是說我把洋娃娃都殺了。」

我承認一個人常常會在同一個時間裏，手裏做一件事，腦子想着另一件事。而我懷疑這個孩子難道能夠平行的同時思索着兩件事情。

「是的，妳愛它們，為甚麼要殺它們？」

「我媽媽還不是愛我！」她話接得好快。

我沉思了一陣。「媽媽又沒有殺妳。」我嘲笑她沒有道理。不過腦際忽而掠過一個疑問，難道這孩子懂得用殺來象徵離棄？不可能這麼深奧罷。

「我媽媽好愛我。」

「是啊，沒有一個媽媽不愛她孩子的。」

「我媽媽特別愛我，你知道嗎？」說着說着又大人精起來。她能夠說這說那，而眼睛凝聚在手底下擺弄的刀叉上，根本不看你。

「因為妳特別可愛，誰都會愛妳的。」

「才不會呢。」

「怎麼不會？樂維君老師跟我，一看到妳，就不知道要怎麼愛妳才好。」

「奶奶就不愛我。」

「沒有的事。奶奶總要管管妳的，那是對妳好——」

「才不是呢。奶奶整天說，妳呀，妳就跟妳媽媽一樣一樣，好吃懶做，只知道享受。奶奶恨死我媽媽。奶奶整天都做我不喜歡吃的菜，她好一個人吃。不要臉……」

做祖母愛嚕囌是有的。兒媳婦私奔所給她的氣憤，自然更不用說。可是僅有的一個小孫女，而能夠不愛，這就叫人不可置信。然而你如果說這孩子又在撒謊，似乎也未必盡然。

「那——媽媽是怎麼愛妳？」我設想着，孩子一定是說，媽媽給她做好吃的東西，買漂亮衣裳穿，帶她去看電影，逛街，買巧克力糖等等。

「媽媽愛起我來，就抱得緊緊的咬我。」她是考慮也不考慮的脫口而出。可見那種愛的方式，給予孩子的印象太深，太重要。好像也只有那樣，才算是愛。

「老師要猜一件事，妳看對不對。」

「好，你猜。」完全是一派成年人的慷慨。

「老師猜妳在學校裏，要好的同學一定很少。會不會。」

「差不多。」

多大的口氣！

但我想，所謂羣育，也不過是對一般平庸之材的訓練而已。一個不合羣的天才型孩子，能要求她必須面面俱到嗎？不如說，孤獨，寂寞，對她反而是一種營養。

「我才不要理那些笨蛋。」她又再補充的說。提提眉毛，好不屑的撇着嘴。

于是又撇出叫你發熱的那片肉肉的，光潤的嘴唇。

我懂得了為何這孩子會使人慾望着要抱得緊緊的咬她——不僅僅是她的母親。只是油然而生起的悲劇感，使我念起她那個海員爸爸那天對我和樂維君說破了口所作的結論：

「女性——成不起大畫家。」

那位海員，並不是他的母親那樣不明事理。一個曾經看過多少歐洲博物館和大教堂的藏畫而又曾讀過一些書的知識分子，你能說他完全沒有理由或不成其為理由嗎？雖然那是荒唐的，跡近于宿命論的。

林安娜

我不知道別人是否這樣；在我，不大好意思說出口，我是很迷信預感的。

坐在市營的巴士裏，我是這樣的想——起因大約是我的預感落空比較少，而且落空了的，一定是隨即就把它忘掉了；所以只記得一次又一次近乎奇蹟的兌了現的預感，以至漸漸的覺得這其中有些神祕，漸漸迷信起預感來。

沒有緣由的，昨天也不，前天也不，單單今天，清晨醒來還賴在牀上的時候，就無端的預感樂維君今天準會回來。于是一面取笑自己，一面又不禁的順手把臥室略略收拾一下。收拾着，不免有些感觸，有人說過，單身漢有三大特色：髒、懶、饞。想不到只才還我幾天的自由之身，臨時的單身漢，一般的又現出原形。大理石插花盤裏的菸蒂，從她走後便不曾倒過，多得不像話；而插花的銅座被埋在下面，菖蒲蘭還賸兩枝，枯低下頭來，俯視着把半盤子水都吃乾了的一大堆菸蒂。牀頭櫃上盡是油跡斑斑的空紙袋，也不知道怎麼會多得那麼驚人，使人感到被冤枉了，哪裏饞到這般地步呢。總是不要讓樂維君看到的好，雖然也算不得甚麼。

我所說的沒有緣由，是指樂維君歸寧時，並不曾肯定要在娘家過多久；而兩天前來的信上，也只說好想趕快回來，想的不得了，但並沒有決定歸期。然而偏偏我就有這個預感，偏偏下了最後一堂課，辦公桌上不知是誰留的條子：

尊夫人長途電話，下午三時四十分前後返抵台北，希至火車站接駕。務必。

問清楚是教化學的魏老師接的電話，我們之間不很熟，諒來不會開這種玩笑。雖然覺得樂維君犯不着打長途電話，果真連寫信都等不得，一時興起就收拾收拾動身不就成了麼？

羞慚得很，畢竟女人的情感太專注，太過單純。一個做了媽媽的女人，依然為所謂相思所苦，對于男人來說，幾乎是不可理解的。這些時，常被朋友們取笑做「自由人士」或「太空人」的我，儘管一點也不曾濫用甚麼自由，算得是少有的忠心耿耿的丈夫；然而一個在為相思所苦，一個却老是盡想着妻子之外的別的女人。對于也是疼愛得很的毛毛，我這個做爸爸的，越發很少勻得出時間來想念她。有時我要懷疑自己，是否等不到七年，就開始三年之癢了。

然而，說我不愛樂維君，或者離開樂維君我可以更快樂些，那簡直荒唐，想都不要想的。在分開的這十多天裏——問題不在日子的久暫，因為剛送走她們母女的當日，就有一種莫名其妙的冒險衝動，蠢蠢的在作崇着人——並非完全不想她那個人，怎麼可能呢？乍乍的身邊失去一個朝夕相共的人，可笑的恐慌、空虛。想是同樣的想，但當你發現你想得多麼實用，便又乏味透了；不是麼？平日是她那個人把飯菜做好，一次兩次的催着你，催得你發煩，現在要你自己張羅了，你根本就把這麼重要的事情給忘了，好像你的胃誤裝進她那隻皮箱裏，被她帶走，弄得你不知饑飽。而你的褲子放在哪裏？換洗衣服和手絹又放在哪裏？去漬油呢？指甲刀呢？鞋刷呢？紅藥水呢？印章？郵差在門外等着你。從她走後的第幾天起，你就一直穿着鞋帶斷了打個結子的鞋，脫時穿時都惹得你生氣。有時你實在看不過去，打掃一下，結果整整耗去一個大半天，而那是她帶着離不開身的孩子，所要每天都得做的事。而你忽然發覺家裏的抽屜太多，找你要找的任何一件用品，都像大海撈針。而當這樣令你不耐和喪氣的時候，方始想到你偉大的妻子和你妻子的偉大，你是甚麼玩意兒！

並且還不止于這些；自從孩子出生之後，她堅持自己照顧孩子，把工作辭了。又怕加重你的負擔，影響你的所謂藝術生命，罪人由她去做，專畫討喜討好的畫，以及水墨的非形象畫——天知道，抽一個空，揮上三幅五幅——甚至降低趣味的畫些黑絲絨做畫布的那種東方女人的裸體畫，情況好得很，老美們單吃這一套，又是像樣的價錢，替國家賺外匯。

這樣，辛苦是不必說的，孩子搗亂，朋友又多，難得她一手張羅。所好毛毛的小髒手倒是常在她的宣紙上弄出意外效果的傑作，反而使她的畫被批評有意想不到的變化。然而畢竟隱有一種看不見的痛苦，畢竟樂維君並不是一個沒有藝術良心和創造慾望的畫匠。而她那個人歡笑如恆，把這麼一個小小家庭整理得像像樣樣，這更給你平添一分心靈負擔。那末，這樣的一個妻室，你怎麼在看不見她的時候不想她呢？

然而你會發現，問題是惦念和相思兩者中間，怎麼會有這麼大的距離。她已經被你剝得光光，一覽無餘，一點點可供你相思的神祕也不存在（而女人不向男人要求這個。不可理解），一切美好和一切的情慾刺激都已平凡。人生如此的必然，沒有甚麼可悲哀的。悲哀的是做妻子的對你依然情深。

但是你是很良心的感念着。枕蓆間縱然夾雜着一些旁白，牀笫情趣似乎並沒有受到影響，反而與日俱增，責任和恩愛並無虧負，大體如此。這便是為多少朋友所欣賞的美滿的婚姻生活，在畫壇上，說來也是被譽為神仙眷屬的一對。多麼文不對題！

就像此刻坐在巴士裏。乘車的意義，只是一種無聊透頂的乾等，你甚麼事情也不能做，你是被強調着一點也不重要；車子快或慢，右轉或左轉，都無需你過問——你是傻瓜一樣，獃獃的，你只有紊亂而漫無邊際的浪漫着腦力；你坐在這裏，傻瓜看着傻瓜，你會無聊的異想天開，想到你和你面前抓住吊環的同車者挨得如此之近，差不多是相觸着了，看她的腋毛，如果這人把衣着去掉，你想你是多麼的不堪！你是看呢，還是不要看？

于是你想着，設若人類有那麼一天，完全天體了的話，那時大家為了怕受鼻子抵到對方黑污的肚臍的那種虐待，只怕越發的要爭先恐後的搶着上車，而搶的將是站位，而非座位。

你所就地取材的胡思亂想，大約便是類似的這些。而比此邪惡的奇想，恐怕還更多的是，更驚人。然而看在別人眼裏，你仍然是個不失為很體面的所謂上流人士，甚至你的手采，氣質，風度，都是那麼的令人肅然起敬。多麼的文不對題！

我思想着這些，看看能否抓住一點甚麼，並且表現出來。而我，無端的又念起周南南的那些解剖，寒星那些怪離的符號，以及林安娜那些鬼氣的繪畫技巧……

不能夠忘情的，很不解的。恐怕我的某一些甚麼，已陷入那些糾纏而不自覺了。而尤其不能釋然的還是所有的那些和那些，我不能服氣的認可那都是些所謂的偶然；一如並不因為她們一一的飄散而去，那些個世界便也跟着告終。那是不可能的。

我是很怕到火車站來接人，因為這裏是迫使你產生一種探監的厭惡。

當你伏在收票口一帶的木柵欄上，如果你設想你在等候迎接你的甚麼人出獄，那是很般配的。屬于鐵路局的利益，旅客們被防盜着，理所當然的要裝設這種木器時代監牢的柵欄。我很樂意體恤鐵路局的這種利益，本就是省庫和國庫的歲入。還有十多分鐘，我可以見到我的妻女。然而，我是如此迫不及待的要看到她們嗎？毋寧說我是更忍受不了時間上饑餓人的這種空白。然而總算比市營巴士裏的無聊略好一些，你可以走動，抽一枝菸，不必貼近人家的褲子或裙子。如若你因被鐵路局防盜着而感到受辱，那是因你不認識從站長室進站出站的那般乘車者，乃是連旅客主任都要恭迎恭送的官吏們。那已是很合理的歷史現象。

我是用這些腦力的浪費來填補着一秒鐘和一秒鐘的空白。而且你還須作最壞的打算，即使對號柴油快車，又幾時準時過呢？那已經成為一種誤點的癮，你不能干涉人家不要過過癮。想像着毛毛粗粗的小腿下着那邊天橋的模樣，仍然是喚不起心熱的漠然着。如果我們生了一個酷似周南南的孩子，我不知道我是否會更疼她一些；但是毛毛似乎是少見的不愛畫畫的孩子，令人不可置信，不怪我曾懷疑，很可笑的，雖然只是並非認真的想想而已，不是麼，許多不貞的妻子不是把丈夫隱瞞了一輩子嗎？也許你認為可笑，而事實上恰巧一點也不可笑。

車站上一時現出行動，收票員就位了，使你驚訝的慚愧你對鐵路局的成見，居然提前到站呢。好像藉此證實你對鐵路局乃至女人的成見，確實是可笑的。

然而不幸的是蒸汽機車拖拉着一列塞豬般塞得結結實實的慢車進站，你的慚愧遂被果然不錯的一塌糊塗的誤點開了玩笑。一如你是應邀午餐的，提前開席了，結果是早點，因為主人起牀晚了的緣故。

空白重又開始。這種心境總是要使人怨毒起來的。你會認真的感到奴隸式的不平了。從你必須由着擺佈的這一點上證明他們是主人。除非你乘高級的豪華客車。但是鐵路局一向是把塞豬般的慢車賺來的大錢去貼補豪華客車可怕的虧損。屬于我們毛毛的嗜好，要把杯子裏媽媽沖好的橘子水，不怕麻煩的灌進頸口那麼小的香水瓶子裏，以至損耗大半而在所不計。對于智能很低的孩子來說，仍是享受。

怨毒還多得是……你從來不曾注意到火車是這麼可憎。火車出站了，給人的是失落的蒼涼。火車進站了，則又未必是歡樂，你只覺得它不知有多居功的鋪張着，誇耀着，尤其是這種骯髒的蒸汽式機車，潑婦似的一路罵街過來，張牙舞爪的黑煙和白汽，給人一種狼煙四起，或者風火災害一總臨頭的惶亂……

也許我該慶幸連連的兩幅作品構成了，啊，我的三十八號。

也許我該否定我曾同意過的樂維君的觀點：一切的藝術，不以愛為基調，不能夠偉大。

也許我仍然承認：但我否定偉大在藝術創造中所要追尋的價值。

也許……

但我聽到有人喊我。

我的學生在喊我，低低的喊了一聲，近在我的背後。

猝不及防的，不能不心驚，立刻窘上來——

「妳也來接人，林安娜？」

她不看你。她望着別處，撩着長長的髮梢，不改往日那副怪像，喬裝着粗率，對于傲岸的祖裎着自己從頭到脚存心驚人的裝扮，還是那樣的自信着。

她有那種壞本領，側過臉去，炫耀她確是比一般人要長而密的睫毛，善用那個來回答你：用問嗎？你不想想！

在心裏，我已打上好幾個轉轉，到底覺得不要愚蠢的再問她接誰來着。我告誡自己，你應該表現大度一些；否則，你就得叫她覺得你是健忘的，心裏一點鬼也沒有。

「妳現在是在台北，還是家裏？」

我看到她望着別處笑，知道自己有些滑稽。想立刻補充一下甚麼。她說：

「這兒不是台北？」我知道她會來這一套。

「我是說妳在哪兒工作。」

她也不講，四處張望着，就是不看你一眼。我是向來不喜歡她這樣的老是意識着誰都在驚訝的注視着她。

心上掠過好寒酸的貪心；你明明不喜歡她的招搖，造作，但和她走在一起，你會感到你是在被人艷羡着。就是這麼樣可羞的一點滿足。

她把手勾在頸後按着頭髮。手臂上黑粗的汗毛，忽然使我感到有一些遺憾——樂維君為何不晚兩天回來。因為林安娜說，她正是來找工作的，正準備找我，看看我這位老師有沒有甚麼頭緒。

林安娜的話，向來我都不知道應該相信幾分。不過，找工作也罷，要找我生生辦法也罷，相信或不相信，這倒都是無所謂的。

而且她說：「樂老師不在家，我知道。」那副壞相好像另有甚麼含意，用一種不好解釋的眼神睨着你。

令人想到監獄的這一長排木柵欄，每個收票口的兩側作弓狀的折進去，又折出來，倒又使你覺着這是一座中國式的九曲橋。實際上，折進去的一方空間，小得容不下兩個人。但她擠進來，好似要跟你併肩憑欄的一同觀賞甚麼。兩個人貼得很近，感覺得出彼此的體溫和呼吸着的身體。

當然，兩個人都可以裝做不着意這些；擠在這裏等着接人，別的好幾處這種曲折進去的一小方一小方空間裏，同樣也是有兩個人挨肩擠在一起的。一旁看去，好似一對一對的娃娃被放在一輛輛木製的嬰兒車裏。

至于問我原先靠在這一小方的柵欄裏不走出來，是否像隻蜘蛛，有心的等候着，甚至暗示着對方來落網，我也不能說完全沒有這種念頭；否認或承認，都似乎有些愚蠢，也沒有那麼認真的必要是不是？當你意識你是個妻子不在身邊已經這麼久的丈夫，對于鬼的甚麼操行，你總會一切從寬的罷。

「那妳應該猜到我是接誰的了。」

你怎麼不隱隱的遺憾着你的妻子馬上到了呢。當然，你也可以找出理由來寬慰你自己，人家來車站接人家的甚麼人，你不必忙着怎樣，說不定那是個跟林安娜親得令你不堪的傢伙。

「我看到樂老師了。」她說。臉向着車站裏面。

「鬼話！」

我是本能的回了她，並且本能的四處尋望了一下。

「妳還是那麼淘氣！」

「一點也不騙你，在八卦山上。」

「她跑去八卦山幹嗎？」我深深的凝注着她描了眼圈的眼睛，企圖找出幾分假來。

「前兩天——」她想了一想。「今天星期二是罷？」

「星期一。」

「那——那就是上星期六了。」

多麼荒謬！媽媽生病，她有那分閒情，老遠跑到八卦山去玩？

「她一個人？」

「還有一個，我不認識。所以沒敢貿然打招呼。」

「妳的話可以相信幾分之幾？」

「不信就算了。反正我是沒看錯人。」

她一點也不避開你的眼睛，含嗔的瞪着你。

「男的，女的？」

立刻我討厭我自己，怎麼問出這種話來。

「妙啊，你也不信任樂老師啦？」

我感到需要掙扎的樣子。「她有姐妹跟幾個哥哥。」

「比樂老師小多了。看樣子不像甚麼姐弟哩。」

她是不滿的扭過臉去，手托住腮，另隻手托住這一隻手的肘彎。

「妳別演戲了。」她那個姿勢，分明帶着舞台上的味道，一派反派女角的老套演技。

「秦老師！」半晌，她正經的喊了一聲。

我等着她回過身來說甚麼，默默的望着她手臂上黑粗的汗毛。

看一眼那邊月台上的大電鐘，心裏懷恨起特快車居然也誤點到這般荒唐的地步。

「我替你抱屈。」她說。

「謠言止于智者。」

我斷然的回了她。雖則內心裏不無一些不智。

「好罷。」她轉身走開，甩一甩披在肩上的長髮。「再見。我在這兒——」

一個甚麼小物件，從皮包裏取出來塞進我手裏，顧自的揚長而去。

她走了？她是來火車站接人的？

低下頭來，看一眼手裏的紙版火柴，一家叫做飯店的旅館，甚麼話！好惱恨的追上去，而她已經拱進一部出租汽車，還有一條腿在車門外。

顯然她在等着；我跑過去，車門一直是半開着，無心的我發現她的腿生得那麼修長而均勻。

「是妳打的電話？」我吼着，低下身子瞅住她。

「要不要上來？」她縮進腿去。

你不能相信她沉靜得完全沒有那回事的樣子，而且好溫柔，好平常。

我憤然的把車門砰的一聲摔上去，恨不能一下把她從那一邊的車門打出去。

你說我倒有多傻瓜！結果，我居然還等着那班誤點的特快車，等到下車的人散盡了，好像這樣子才對得起樂維君。簡直狗屁透頂。

自然，這樣的愚行，並不是痴得毫無緣由；在我跟自己時勝時敗的交戰過程中，不過是藉着這一段時間，好好的考量一下該去還是不該去那家飯店找她。而當我選擇了不該之後，似乎越發的要找點甚麼，盡盡心意的對得起一下我的妻子。

林安娜是我們畫室開辦後，第一個來學畫的學生。無論怎樣，在樂維君和我的下意識裏，對林安娜，我們有一種不很自覺的近乎感恩——或者至少是當作一個紀念的心理。

婚後剛從家裏搬出來不久，經濟情況很緊——別的不說，你總不可以一結婚，就把弟弟妹妹的責任完全丟給母親一個人。畫室招生的廣告登出去以後，你沒有想到會有那麼快的效果，林安娜，一個四五輪小電影院畫廣告的女孩子，廣告見報的當天，她就跑來報名。你可知道她給我們帶來的是多少振奮、喜悅、和希望！雖然已非金錢的事，而且在她之後，差不多過了兩個月，又登了一次廣告，才陸續有人登門來學畫。

不消說的，沒有幾時，林安娜和我們之間，已不是一方繳費，一方傳授的交易關係。開始時，每週三個晚上的授課，完全是按照章程來的。可是過不多久，林安娜幾乎自自然然的成為我們新家庭中的一元。起先拉着她一起消夜，出去散步，或者早晚由她招待一場首二輪錯過了的好電影，她也幫着樂維君纏纏毛線，陪着刷碟洗碗的樂維君，聊她們女人家生來就那麼多的廢話，然後幫她搬搬碗筷，晾衣裳。有時，她人不舒服，或者那天電影院供的伙食太壞，索性就讓我們拉着共進晚餐。就是那樣零零碎碎的，我們情感的相處起來。

一度裸體畫很俏市，供不應求，樂維君挺着大肚子整天那樣的畫，林安娜也幫着她打打底子，塗塗背景。不知怎麼說起的，林安娜提議要做樂維君的模特兒。可是一點也沒有那個必要，不是嗎？我們兩人同時給了她同樣的回答。

「才不要那麼認真呢。」樂維君回她說。她是很邋遢的穿着孕婦裝，一面也當作畫畫的罩衫。鬆鬆垮垮的，她自己自嘲着說，好像穿一頂圓頂蚊帳。

林安娜的體型，不用說是夠模特兒的標準，兼具少女的結實和少婦的豐滿，而且日久相處，我是發現她那種不避肌膚暴露的傾向，有時簡直成為一種癖好。真的，我曾想，她也許是天生的模特兒材料。

正如樂維君所說，犯不着那麼認真，完全當作商品畫畫的東西，早晚在舊書攤逛逛，買些「花花公子」和「カメラ」舊雜誌，就很夠樂維君用的了。

「真正的格調高一些，反而那些喜歡卑俗趣味的美僑又不欣賞了。」我說。心裏，我倒是贊成畫畫她的裸體，但在樂維君面前，還是收斂一些的好。照我的估計，樂維君也不大樂意那麼做。

林安娜則說：「妳用花花公子上的照片，還要再把它改畫成東方人的身體和臉孔，真犯不着。要是由我來當模特兒，姿勢可以自由安排，妳根本不要寫生，找秦老師一口氣拍上幾捲膠捲，夠妳用好久的，多實際呀……」

「好嘛，」樂維君不動聲色的說：「多實際呀，我們再裝個暗房，再備幾盞水銀燈……」

「可不是，水銀燈可以省掉，暗房總不能不要。」我不能不佩服樂維君的反應快。然而我想，她這個人平時並不很機智，居然反應得這麼快，要不是她很講實際，便一定是出于女性對于某一些事情的防衛本能，向來都是非常敏銳的。

林安娜被我們說得無話可回，愣了愣，忽然搥起樂維君的肩膀，拼命的笑着，高聲叫着：

「知道了，知道了，」她笑得換不過氣來的樣子。「妳是不喜歡秦老師看到我那樣。」

「才笑話哪。」樂維君由着她壓在肩上，瘋瘋癲癲的搖晃着，只管細言慢語的說。

「才笑話哪！」林安娜重着她的話，撇着嘴，鸞不以為然的嘲弄着。

「不信，妳問問妳秦老師看。人家看模特兒，比我們看的畫還多。」

「真的嗎，秦老師？」

「哪兒會比妳們看的畫還多！不過比妳們學畫幸運一些。」

「怎麼不比我們多？我是算時間的。」樂維君說。

我講起我們當初人體寫生的情形。男性是臨時雇的碼頭工人。女性則是專業，而且是母女倆。不過我們很不幸，始終是母親——你真不相信，一個四十多歲的婦人，會有那麼好的身材。當然，聽說也很不容易，在保養上，體操、飲食、按摩，連心情都得時時注意。

「我們曾經胡鬧過，要求她那個在蘇州美專的女兒，早晚跟她調換一下。可是她始終都沒說行或者不行。我們都說她是老狐狸精。」

「為甚麼呢？」林安娜十分興致的聽着。

「我們是怎麼推想——」我回憶着。「大概是——她的女兒來我們學校，當然一定大受歡迎；可是她自己，不能不那麼想，蘇州美專那邊，非常可能不歡迎她。」

「那你們還是學藝術的呢；這麼現實！」

「這怎麼能算到我們賬上？」我覺得有些可笑，林安娜說出這種話。

她是被甚麼牽制着似的，望着一個不定的甚麼，入神的似乎想到一個遠處去。不知道她的睫毛怎會那麼濃，那時她還不懂畫眼線，而她後來那樣的化粧，實在是很不智的糟蹋了她最突出的那點天生的美。

到底是女人和女人在一起，會有些莫名其妙的勾結；許久之後，我才發覺樂維君速寫的許多人體畫畫稿，那不是林安娜才有鬼！

我是嚴嚴的審了樂維君，為甚麼瞞着我偷偷的進行。她林安娜都不在乎，那妳是甚麼意思？妳又不是那些把男人管得緊緊的作為唯一職司的庸俗的太太，妳對妳的丈夫這麼沒有信心，夠妳悲哀的了：而且對于愛情生活這麼樣的處理，也太不忠實。妳又不是不知道我見過的裸體女人比妳們見的裸體還多，我就再下流，總不至這麼猥褻藝術；這個界線，我還是分得清的。我感到幻滅，為甚麼再脫俗的女孩子，一結婚就非要做個地道的太太不可！

太太——好一個無美感的形象！又蠢又肥，一窩一窩下不完的小豬，不斷的囉唣，不斷的增加體重，以便把先生的脖子整得更長。

「這很簡單！」樂維君沉靜的說：「愈是仰靠丈夫才能活命的太太，救生圈抓在手裏才愈抓得緊。」

「那妳沒有這個必要。」

我可沒有她那一套沉靜的本領。

「所以我才不那麼傻瓜，把丈夫揹得一刻也不放鬆。可是安全總是需要的；那——既要安全，何不萬全！預防勝過治療，是不是？」

她笑起來。她有那套軟功。也許我們永遠吵不起嘴來，都是她的功勞。

「我相信一句話——男人，就是不要給他機會。」

一聽，我就知道這話是誰說的。其實機會均等；機會臨到誰的頭上，反應都是一樣，沒有甚麼男人女人之分。除非是聖人——理性高得冷酷的人。但是不幸，聖人永遠成不了藝術家。藝術家也永遠看聖人不順眼。

「我知道，」我說：「又是妳那個寶貝好朋友的金玉良言。妳就專聽她的罷。」

「一個人能說一生的廢話，但是總會留下一句真理的，你也知道的——我並不同意——甚至討厭岳淑貞那些陳腔濫調的女人經。所以不可以因人廢言。」

然而我想，也許當女人的腰圍愈增加——且不論是懷孕還是發福——對于所謂的那種機會便愈是敏感罷？

「機會，我當然相信。」她是和我一樣，不相信命運，只相信機會的。「不過，妳也別忘了我的『身教』，那可是我給妳的唯一保證。」

提起「身教」我們就會為這個只有我們倆相共的祕密，而會心的相互譏嘲起來。

正如樂維君代表所有的女人說過的，女人，永遠需要男人的保證；而男人對于這個，始終沒有多大胃口，而且吝嗇。多半，男人是個施者，而非受者。

但是，也只有愚昧的女人才會迷信山盟海誓的保證。我曾跟樂維君談過，也使她感動過，畢竟她是個脫俗的女孩，十分心悅的接受我的「去他的不變的心！」不是嗎？有誰能生來就有那麼剛硬的鐵石心腸！

提起「身教」，誠然那是我所能給她的，僅有的保證。而從這個所引生的記憶和譏嘲，就會使人立時棄去一些嫌隙和不快的爭執，而柔情的親暱起來。彷彿是被只有你倆所獨有的經驗提醒了，情不自禁的回到那個羞恥的甜蜜裏……

直到婚後，並且許久許久，我方始承認自己是個「婚外闇者」——雖然因此而成為彼此嘲弄的笑柄。

婚前那個暑假，我們有過一次差不多環島一周的旅行。從雙方家庭那樣熱心的張羅，你可以知道，他們是默認訂婚等于結婚的本省這個習俗的。然而旅行回來，幾個碰在一起不談黃的不解散的朋友，像郭頌他們幾個，幾乎是刑求的一審、再審、三審，而我是唯一答辯——秋毫無犯！

當然，那是說怎樣也不能取信于人的，一張張好不甘心的流氓臉。

「甚麼理由？」那麼樣的十手所指的見責，好像我成了他們的羞辱。

理由我是早有準備的，「留着一個真實的新婚之夜，不是更美！」而我發現，一個人撒謊，並不一定需要臉紅。

不必說他們幾個壞蛋，我自己又何曾甘心，何曾理解我自己。

多少充分極了的成熟，多少在準備旅行時就已有了的那些意會和默契，多少狂熱、多少熾烈，人被燃燒着……。

然而，甚麼都不作數……

頭一站，我們落宿日月潭，多半是酷熱的旅途太疲倦人，兩個人又顯然的過度興奮，雖然聊到深夜，幾乎是十分敗興的各自回房。至少在我來說，有一種莫名其妙的灰心，近乎久慕日月潭的風光，真正的到了這裏，反而感到不過如此的那種無味。大約對于期待太高太久的事物一朝得到了，總會這樣的。但是第二天在阿里山上撲了一個黃昏的雲，夠悠閒，夠在情緒上緩緩燃生起所期的那種相許的迷醉了；實際上確然也是那樣。

一個生在寒帶的孩子，乍乍的回到那麼熟悉的氣候裏，真的，那該是故鄉仲春的季節，薄寒，榻榻米上擁被相對，抵足夜話。即使甚麼都不要說，不要談，那種默默的，繾綣的癡迷，從每一隻脚趾，都足以傳送本就不須再用語言的那種心顫。

但是她那麼唐突的去了。「明天，我們不是還要早起看日出嗎？」在拉合的紙門僅夠她探進頭來的空隙那兒，她遲疑一下，咬着嘴唇說。

本就夠大的房間，她去了，忽然空曠得連你自己都不知道失落何方了。整個的人，好像忽然失去支撐，頹然的倒下來，平臥着，仰視着天花板上毫無意義的方格出神。

你想，你怎麼能夠了解一個女人？我是陷落在心灰意冷的不斷的自問裏……但是她重又回來。

聽見她隔壁的紙門拉動，聽見走廊的地板上她的脚步急促的走過來，我沒有任何非分的妄想，只以為女孩子們就寢前總是有那麼牽牽扯扯的瑣事。但是她拉開紙門進來了。

我像被甚麼彈起，只是在抑制着自己別太示弱。

可是她的樣子很嗔，嘴閉得緊緊的，走近來不多幾步，人就停在那兒。

這才我注意到她的手裏，持着一個方方的甚麼，似乎是一封信。

「真討厭！」

她把那個摔過來，落到我面前的被子上。

那是我們畫會畫展的請帖封套，正中間有紅色的標示筆所畫的兩顆重疊的雞心，一顆心裏一個圖案子：「錦囊」。一眼就認出是小傅的鬼字。

不解的，我看着她。這才發現她有一線眼淚滑過眼窩兒，真叫人吃驚，一時弄得人情況不明起來。

封套掂到手裏，感到有些重量，連忙低下頭來看看，心想，準是他們幾個玩笑開重了……沒等打開封套，唿啦一下，滑出滿被子的照片，好鮮亮奪目的一遍色彩，把我弄傻了。

「都是你那些狐羣狗黨！」哄上老半天，才算把她哄好。

「也很率真不是？」

「鬼的率真！下流死了。」而我想的是：鬼的錦囊妙計！害我這半天，把能想得到的，說得出口的，拿得出的，全都傾囊的擠出來討好。她若再不緩下臉來，我就再也生不出辦法了。

「其實，見識一下也好。」這才我故作不經意的一張張瀏覽着。真倒難為他們，不知從哪兒千辛萬苦尋覓來的，這麼豐富。

「一點也不大值得欣賞？」

「才不要。好醜惡！」

「真的？」

她是深深的垂着頭，長頭髮好像兩面走幕，拉不合攏，留着中間「人」形的空隙。你要勾下頭去，才看得到那幕後的臉孔。

「可能跟男人感受不同罷？」我問她。

「好滑稽！真的。」總算板緊的臉孔緩和下來。

但你可以確定，在她發覺這些照片之後，分明已經一張不漏的全都看過了。我也願意相信，在她，的確是感到滑稽；從她那我已熟悉的口氣和表情可以判斷得來。

「為了滑稽也犯得着哭？」

「假如你——被人家滑稽了，你不會感到被侮辱？」她還在氣氣的鼓着嘴。

我想，他們萬沒有那個意思，只怪他們——所有的男人都一樣罷，在這方面根本不了解女性的愛憎。不知無論如何，總是很妙的用了些心機罷；如果偷塞進我的旅行袋，我發現了，那是拿不出手的。想起登車之前，幾個人搶着替我們倆拿這拿那，誰會見疑他們存心要動這樣的手脚！

不知是誰出的主意，怎樣也記不得是哪個把樂維君的手提箱搶去提着，居然從容不迫的有機會把這個錦囊放到箱底。樂維君雖然心細，讓她回想回想，一般的也是記不起來到底是誰的惡作劇。

然而照她氣惱以至落淚的那樣子看來，方才她在自己房裏發現到這些，就該一氣撕掉，到衛生間去燒一個乾淨，為何又找過來，讓你這樣親暱得可怕的哄着，撫愛着，這會是甚麼一種心理？既找到我這邊來，難道原就是一種慾求麼？

當你發現到這些，你起始覺察到一些如夢的恍惚忽然遠去。掩月的浮雲一時消散淨盡，清澈得使你戰慄。

當你眼見已是你的女人了的這張臉頰，濃濃的染上阿里山的女孩獨有的那種令人驚奇的酡紅，眼神被晶瑩而非淚水的光澤所解體，她是那樣失神的瞟着你，無愛的軟弱下來，彷彿無比的孤單，全要依賴着你的扶持……一切已是這樣，你還能無知麼？一個多麼真實的女人在激情着你！

「只做了一個下午的阿里山的女孩，就生出薔薇頰了？……」或許你不要再使用語言來障礙了你和她，好無能的語言！

她開始處女的羞躲，用羞躲來纏綿你，熱病你，觳觫着你，殺你……

而你，焦灼的等候着你自己，被充塞着倉皇，而依然空白着可怕的等候，之後，你不得不知道你已完了，不得不心灰意冷的棄絕了她……那以後，你暗自辱罵自己的萎縮，一面用一個命名，羞你是一個「婚外闍者」向她告罪。于是你重又回復到語言裏來。愚拙而不自承愚拙的人，永遠要選用語言來為自己的無能而可恥的辯護着……

在被雲霧浸濕的黑膩膩的夜之森林裏，我們拉緊着手，緊隨着那個雇來的嚮導，憑藉領先的足音攀爬着梯陡的山壁，去和將出的朝陽競相爬昇。兩個人的手被熱汗黏合而更緊密，噓喘出一團團的乳氣。

沒有片刻，人便軟乏了，你意識到現代都市人可羞的退化和畏葸；心有天高也提拔不起周身那難堪的軟乏。而無名的焦灼，益發灰心着你。夜黑的林間，行雲依舊，撲頭撲臉的雲髮，無視覺的單憑着感覺去觸及山阜的神祕，攀垣在新鮮得使你戰慄的陌生上面。你所自以為是的驃悍、勇猛、蠻野，以及渴慾征服的銳氣，統已被你所寄生的現代都市給齧蝕了……

瀕于氣絕的窒息，總算爬到頂峰上來。一派滔滔無垠的雲海，壯觀的浮起僅只有玉山和觀日峰這兩座隔海相峙的雙峰。日出還早着，所有那些迫不及待的緊張，使你感到頓然化為徒勞。

羞慚着，在這麼個拂曉時辰，兩人的眼睛相觸，都似隱含着一些從黑膩膩的夜之那一端拖曳過來的消沉。

在春寒裏，腳沐着雲的泛濫，翹候着日出。于是你蠢蠢慾動的開始再度尋找起愚拙的語言為你自己遮羞。只因夜已從你不體面的臉上撤除，不能不拉扯些更黑的甚麼，把你裸露的臉孔重新蒙進去。

那是當你送她回到隔壁她的房裏之後，在你辱罵着自己的時刻裏，便已尋獲到的辯詞，無需此刻再去搜盡枯腸。

「妳真想像不出罷，一個人從小所受的教養，會這麼把持他一生……」

我們不是專心的在等待日出麼？看向雲海的盡頭去，那是霎時即逝的美景，不可錯過的。

而實際上，遙望着那個遠處，你分明是在避開你虛謊的眼睛。你沒有她那好似兩面走幕的長髮來為你掩飾。此刻，阿里山上的薔薇頰，應該是你的臉譜了。

「儘管你已經是開明的一代了，你反對那些束縛人的教條，反對近乎自虐的迂闊，可是那些討厭的殘餘，在你面臨昨夜裏那種緊要關頭的片刻之前，還是很權威的管制着你……」

她那兩面走幕，低低的拉攏下來。而且那幕似乎很重，使她的頭垂得很低。手被握在你的手裏取暖。滑膩而柔弱的指尖相觸着，依稀和舌尖觸着乳頭有相近的柔感。無論如何，你總不是秋毫無犯的那麼潔淨。

「真是無可奈何，樂，妳要是嘲笑我，就嘲笑我還在被舊道德的殘餘遺毒着罷……其實也好，婚外閹者，留着一個美好的花燭之夜……」我緊緊的攥一下她的手，代替了一些怕被語言說破的那種美好，說破了就不再是我們所要的了。

娓娓的訴說着這些動聽的，然而却是可恥的抵賴和諉過。而在內心隱藏的深處，天哪！我該怎麼說？我的無能喲，真是恨不能手上有一把鋒利的剪刀，狠狠的把它個不爭氣的齊根剪掉。

好個身教！

好個婚外閹者！

說那是一種忠貞的保證，去你的鬼吧！不單是可恥的打發這個謊言為你自己遮羞，根底上你就已經喪失了你是個男人了。你敢說——甚至你有根據的信賴你不會將是一個婚內的閹者嗎？

但她是信得過的；在我們這一代看來，把類似的不幸，一總的歸罪給所謂的舊道德，該是最光榮不過的事。特別是婚後那樣互相滿足着的甘美，越發使我振振有辭，使她十分放心的信用了你。只是原該回過頭去感恩的舊道德，可憐的不再被紀念了。原本那就是拉過來臨時替罪的羔羊。

當然，單是阿里山巔的未遂，不一定完全鐵證了「婚外闇者」，至少那是很單薄的一次事證；隨後，又是一次實驗，使我不得不認命了。事後，耐不住那個祕密所施的壓力，以及和樂維君之間的一向坦誠慣了，事情經過——我那可羞的萎靡不振，源源本本的都說給了她。那是我們的夫婦之道，我們的共同認識是：雙方決不可持有任何祕密；雖然你也許覺得保持某一個祕密，一點也無損于對方任何權益，但是因此而使你下意識裏認為對方也必和你同樣的持有某些祕密，由而存疑，才是最最有損害夫婦情愛的一種禍因。基于這種共同認識，使我們互相信賴着，並且相信沒有多少夫婦能像我們這樣，如同透明的熱帶魚一樣彼此被了解着。

自然，所謂又一次的實驗，毋寧說是又一次的坍台，使她嘲笑的得意起來；那不僅留給了她太放心的信賴——她的丈夫必須對她從一而終；也許更重要的還是證實了岳淑貞教給她的那條御夫要訣：男人，就是不要給他機會！

「服了嗎？」你不知道她有多可惡，調皮的側着頭問你，等着看你的窘態。

「妳不要得理不饒人。」

「還怪人家偷偷的畫她好不該呢；甚麼『妳根本就存心不夠純潔，褻瀆藝術！』多嚇人哪！其實就是那樣用心的防微杜漸，也還是……」

「得啦，天底下能有第二個這樣忠實的丈夫？妳該知足死了。」

然而我才不肯定那是忠實，還是鬼話呢。跟林安娜會發生那樣的事，真是莫名其妙。

那時，林安娜從我們這裏所慢慢得到的薰染，總算使她不再像初習畫時那樣，老想速成的儘快學到一些甚麼，現販現賣的實用到她的職業上去。一個聰明透了的女孩，感受力那麼敏銳，在繪畫上的興趣，需要不多的指點便轉化為藝術上的情趣。不過僅憑着這樣，當然不能認為她就是一個可造之材。

在她跟樂維君習水墨畫不多久之後，她是顯示出了在藝術追尋上不安于室的那種昂進；她是不管有否前例可援的，一出手就那麼揮灑起來，並且不聲不響的——那是說，從未跟樂維君討過甚麼商量——就把透視融進她的山水裏。這種引用西洋畫法硬塞進中國畫裏的嘗試，固然是老一派的保守畫家所堅決不許，而在力主繼承中國畫的精神，同時反理智、反幾何學的年輕一代的新銳畫家們看來，則無異是一種回程的退化和僵化。事實上也是可以斷言的，中國的水墨畫如果那樣的發展下去，必將走進比保守派的國畫還要死的死胡同裏去。

不過林安娜的嘗試，也並非盲動得一無可取。頂起碼的，在力慾突破的這一點上，總很值得同情和激勵，況且她之引用了透視，也並非全盤批發；她是那樣的提升視角，近乎垂直俯瞰的角度，構成畫面一種岌岌的危勢。儘管這樣的冒進不一定有何價值可言，但同樣的怕也不便認定毫無價值罷。無論如何，一個藝術家傾注全力凝聚在一個點上所作的創造，即使輝煌無比，甚至所謂空前絕後的達于極峰，然而其所堅持的那個據點，如果僅能作為歷史陳跡上的一個孤立的靜點，而非構成衍生軌跡的一個動點，則絕不是怎樣了不起的偉大；即便那是一顆光芒四射的一等星座，所謂的前無古人，後無來者，仍不過是一個死點，在人類莊嚴壯闊的文化巨流中，那是不配受到最高的崇敬和給付高價的。

以我們這一夥年輕的藝術信徒之專注個性的充分創造，以及深受新式教學法的影響，力主以精神傳精神，而反對學院主義的以技巧傳技巧來說，那末，對林安娜的指導，便也只能給她以那些精神上的啟發了罷。

以林安娜那麼高的天分，自然無需你說破了嘴去開導她。確實是那樣，只需略一指點，她就使你感到她已完全領會。也許正因為如此，對她我們忽略的太多。屬于不應該的忽略。那天深夜她走過之後，樂維君的偶一提醒——事實上也是她自己的自覺，這才我反省到我們兩人不自知的縱容了林安娜而不止一日。

不過我們雖不自知，但是仍然並非沒有理由；對于任何一個常人，你都不可能用規規矩矩的常道去強求，況乎對待一個天才！不消說的，林安娜天分很高，從她在藝術的追尋上所顯示的不安于室的冒進，便可以判斷。雖則那並不足以肯定她是一個天才。

然而，從她躐等于繪畫的一般基本訓練，而作那樣的冒進，正也判定她是個不肯下死功夫磨練自己的屬于過分小聰明的女孩。

然則，天分高與小聰明，天才與慧黠，智能與智慧，以至才華與靈明……種種這些似一而又似二的東西，表現于生活中瑣細事象的，究竟應否給予界定呢？抑或本來便有界定而問題只在如何辨別呢？

就我們兩個所了解的程度，我們知道她是個情感很浮蕩、不穩，而且過分隨便的女孩。似乎有過不少的糾葛，却又壓根兒不把那些糾葛放在心上。她的那些古里古怪的穿戴，不一定就是浮華奢華，而是展示出隨便的接受餽贈。多少不和諧的，犯沖的，不倫不類的雜湊，使你說不準是她下意識裏顧全多個異性的多個喜好嗎？還是多個異性投資在她身上的多個趣味呢？甚至任何時候的任何裝扮，很隨便而並非刻意造作的；總找得出一件男用的甚麼，太陽鏡，或者腰帶、花襪，有時口袋裏掏出打火機來打着玩，又並不抽菸。但是由于根底上我們是生活在兩個世界，如果她不自動的講些甚麼，對她的另一面，我們根本就一無所知。即使被我們戲喚作情報販子的小傳，還不如我們知道她多一些。

「股份公司，」小傅那張缺德的嘴巴，也只能就他所見給林安娜這麼一個罪名。「至于有限還是無限，無可奉告。」

幾經對她這個人的研究，遂使我們依稀的發現，她的那些水墨畫習作，之所以在俯瞰的視角下，山石的氣勢被她處理成垂直線脫出基面的危狀，或者適足以表現了她的生命重心由于過分早熟的提升過高，而形成的心理上的極度不安。因此，你不應忽視——或者偏見的認定她的冒進只不過是徒具形式的標新立異，或只是在技巧上耍耍小聰明，彆扭的矯作，乃至偽作。

林安娜的身世似乎很凄涼，父母早亡，姐姐把她撫養大。姐姐嫁人之後，她跟着姐姐過去。不寬裕的家室，不寬敞的居處，日子似乎一直都過得很擁擠、嘈雜、悶燠，沒有過一個少女所需要的光潔和色彩；從她走出校門會賺錢之後，才開始不再跟在姐姐的後面拾那些褪色而不合身的衣着。

有意無意間，她怨過姐姐的孩子們多麼擾人，而姐夫是個似乎不很檢點的粗漢。她的水彩畫裏所常驅用的深棕和赭石，或者竟是時時陷落着她那些焦躁、囂亂、失衡的種種壓迫所有以至之。

如果我和樂維君所推斷和理解的這些，確有幾分可靠的話，那末，不管怎樣，一個懂得畫出生命的習畫者，總不失為一個堪造之材罷。

但是可憂的是，林安娜，這個堪造之材，太于怠惰經營。她對她自己的稟賦，迷信而至于揮霍無度。也許我有我自己的偏見；藝術必須是天才的，但是任是如何雄厚的資金，沒有經營，只有揮霍，終久會有坐吃山空的一天。

「妳一定要從一而終才行。」也不知道多少次，我們這麼進勸。她是甚麼都要去嘗試。版畫、雕塑，當然也要去摸索的，然而妳總是要專精其一呀。

「離開你們兩位老師之後，我再去求精——否則，我對不起繳了這麼多的學費。」她穿的是裹緊在身上的火紅牛仔褲，真令人擔心她那樣縱聲大笑，會把甚麼地方掙綻了。

「妳們女孩子——」我搖着頭惋惜，看着她把刀柄墊出深溝的手指放在嘴裏吮，實在可憐。「我看妳頂好去刻肥皂。」

她瞟過來。那不是用來看老師的眼睛。

「好了，門戶交給妳。」我躲回臥室裏午睡。

午間，林安娜很少來過。我一個人，隨便湊合便是一頓飯。有時放不下畫筆，一杯牛奶一樣的打發過去。午前她這樣的貿然跑來，只有帶她到附近去吃點甚麼。看看手錶，多少是侵佔了我一些時間，平時已該熟睡半個多小時了。然而你也只好責備她，年輕的孩子都是憑着即興來去，有幾個懂得體恤人的呢。

躺在牀上，一枝菸沒有抽完，林安娜過來叩門。

我不作聲的等着。

「老師，我要問你——」

「別搗亂。」

「真的嘛，有一塊地方，我不知道要用甚麼刀法才合適。」

「我勸妳也找張沙發休息一會兒——剛吃得飽飽的，蜷在那兒不好。」

「你跟我指點一下不就好了嘛！」

真惱人！我把腿舉高起來，用它落下來的帶動的勁勢，把人蹺起來，好不耐煩的找拖鞋。有一片黑影似的念頭拂過腦際。很不好的影子。

無聊透了，你這麼想！我罵了自己，趿着拖鞋過去開門。我是要出去的，臥室裏很髒亂，但她進來了。

「光線不行。」我說。我一個人住，窗帘都懶得去打開，但她很熟，伸手到頭頂上去拉開關拉線，把燈打開。

「好羅曼蒂克。」她仰視了一下環式日光吊燈。從那裏灑下一房的淡藍。「就是這兒啦。」她指着手裏托着的木版，坐到牀邊上。

我打着呵欠。她的頭髮的氣味強烈的刺激着人。而那實在不是非要你指點不可的地方。

實際上，我感覺得到，一個是無心的講着，一個無心的聽着。「吃太多了，好撐。」她摸着自己的腰部，手插進衫子底下去撫弄。

「不行，妳這兒不能這麼處理，太模仿石版畫，太走，失去木味。這兒該有底襯……」

我是自覺有些不知所云，這樣不好。心想，妳走開罷，別這麼膩着人。

「老師，幫我放一個扣子。」她把衫子撩起來，露出褲拉鍊開口處的鈎扣。

我遲疑着，自覺仍然是一張老師的臉，責備的瞪着她。「要是沒有老師呢？」

「誰叫老師把我餵得這麼脹！」她還在等着。褲腰邊沿上，露出一帶不見陽光的白肉，確是勒得很深很深，好像發酵過時的麵團，從盆沿口漫出來。

你不好堅拒，免得反而顯出你居心不正，就是這麼回事，又不是授受不親的那個年代。當然，你一面給自己這樣解釋，一面不得不去實感着這種授受的享有和驚險。

「好笨喏，」聽她這種口氣，你還能堅守多少為師者的據點呢。「你一定很少侍候樂老師。」

「她沒妳這麼磨人。好了。滾開滾開。」

我不管了，挺直到牀上。「出去把門帶上。」

「這麼貪睡！」又用一種不是看老師的眼睛瞟過來。

「別搗亂，下午還有課，不睡一會兒不行。」

她走過去，不是從外面把門帶上，是打裏面關上。「我也要睡一會兒。往裏讓讓好嗎？」

妳真膽敢這樣麼？簡直不像話。她就這麼擠擠挨挨的掛到牀邊，橫下來。

好，情況如此，你看怎麼樣罷。

「妳這個磨人精！」我坐起來。「牀讓給妳。」但是你從她的身上跨過去嗎？火紅的牛仔褲，呼呼辣辣的燃燒着，當心你被火燄燒到身上來罷。

只那個遲疑的片刻裏，我意識到；反正妳已不是一個處女。彷彿要用這個來催促自己的行為。

不是嗎？方才她走開，你感到有所失落；她來就你了，你又感到另一個的行將失落。你已沒有第三者可以選擇。

而她，一下子把你拉倒在她身上。「抱緊我，秦，把我抱死……」

人是一頭栽進火裏。

于是人也很簡單了，一切都是那麼本能的認真起來，發狠起來，雖然你還在很遙遠的跟自己無力的說着甚麼，怎麼可以啦，怎麼可以啦……好像一個小可憐的乞兒跟在你背後，用那麼微弱的乞求喚着你，而你的心腸好硬……

于是你的本能觸及了一處處的現實，而一處處的現實便給你一個激勵，你不能使一個男人太窩囊，反正你沒有責任，一步一步的，你得到證實，她已不是一個處女，根本她就是預謀，火紅的牛仔褲裏甚麼也沒有襯……于是連你那個微弱的乞求你也聽不見了，你只聽見林安娜的痛苦：「我怎麼辦？秦，弄死我罷，求你……」

而歷史重演，那樣的時刻重臨，半隨意肌肉偏不隨你的意，我開始焦灼的等着自己……

而我覺迷了，我告訴自己，一切重演，你沒有辦法，一點起色也感覺不到，該痛苦的是你怎麼辦，不是林安娜……在羞恥的等待中，終于無望的，我跳起來。

「我可以對不起她，妳不能對不起她！」

一個又一次證實的婚外閹者，非常不甘的瞟一眼那一段扭絞的蠶白，你的語言重又應運而生，且是漂亮的語言，勝利者的語言，唱着凱旋的敗退下來。

我是抱着尚未張開眼的毛毛，給初做母親的樂維君說了這些。很不好意思的述說着，一直避開她的眼睛，專注在毛毛好平凡的紅紅的、皺皺的、淨是毛毛的小臉上。

「妳該在阿里山上就來了的。」我跟孩子說。當然是說給樂維君聽。但一點也沒留意母親就在背後，從樂維君遞過來的眼色，才發覺不知甚麼時候母親進到房裏來。落得她好埋怨。

「不是很好麼？」等着母親脚步遠了，我說：「讓媽欣賞她媳婦多賢淑，多貞潔。」

「媽才不會算在我的賬上呢；自然還是自己的兒子最寶貝——最・能・幹。」

然後她把話頭轉回來。「好好告訴我，詳細一點嘛，好不好？」

「幹嗎？多留點把柄給妳？」

「小心眼兒。除非有不可與內人道的……」

「沒有甚麼好詳細的，跟妳一樣。」

「瞎說！別扯上我。」

「怎麼不一樣？我是被找上的。」

她當然不依。提起阿里山上那事，她是從來都不肯認那筆賬的。

我不能理解，為何女人們總是自甘于被動，認為那樣才維護得住女性尊嚴。

然而對于此刻坐在出租汽車上直奔那家飯店的我來說，該算是誰被誰找上了呢？

那樣的事情過後，樂維君近乎糊塗的大方着，對林安娜一點也不曾顯出異樣的態度；即使林安娜的感覺再怎樣銳厲，似乎也不曾覺察到。而她，也萬料不到我和樂維君源源本本的道出了那些。三個人依舊坦然如故，似乎只有我這個心裏有鬼的蠢蟲，老是即興的尷尬那麼一下。

樂維君不知是出于有了保障，樂得表現出她的落落大方，還是真正如她所說的，以前，對我也許還不夠放心，但現在她知道了，而且相信了，對于林安娜，我只是純肉的情慾。「即使你跟她那樣了，我也會不去計較。我不在乎那個。但是我忍受不了你把對我的愛情，分出去一點點給任何一個女人。」

「還好，我沒有過。」

「你根本就不懂得你自己。你對周南南，對寒星，就不是對林安娜一樣。」

「妳會這樣想？」這太叫人吃驚。

「寒星，也許有那麼一些些可能。可是周南南，怎麼會？而且那時候，跟妳才初初認識——」

「也許我讀了一點心理學，把我讀得太敏感。可是起碼我有自信；我並不採信凡是女人都有的那種直覺，那太危險了……」

樂維君是怎樣的一個女人，當然我了解，的確她不是一般不可理喻的、胡鬧的女人；你絕不會聽到她說：「我就是這樣！我不管！……」然而她是如她所說的那麼愛思考、愛分析、愛推理的女人嗎？我不大能同意。

「不過憑良心說，我很愛林安娜的才。」

「那不是一回事。」她說。「人是一個整體，你怎能單愛整體中的某一點呢？你說，你愛的是我的眼睛，好了，把眼睛拿去，別的你都不要管了。再不然你說，你愛我這一雙腿，好嘛，有一天我碰上車禍，腿壞了，你還愛我甚麼？即使高級一些的說，愛的是我的內在，你總也知道，一個人的內在雖然比較耐久一些，可是人的思想、性格、精神狀態、人生觀點、才能、情感，所有這些內在的東西，一樣的，也是時時在變化的；那我要問你，你愛的是變化前的內在，變化後的內在，還是未來變化的可能的內在？……」

好了，照這樣說，那我才恍然，我記得的，那時她曾問我：「你最愛我的甚麼？」我倒是傻傻的看着她這裏，那裏，認真的想挑出最愛的甚麼，——虧她民主式的美，沒有她自己獨特的美，我卻只好說：「沒有最愛；我只知道愛妳這個人。」想不到那樣的回她，對她會是如此重要。好可惡的狡黠！愛情可以像這樣幾乎出于設計的刺探麼？然而甚麼又是該與不該？她用那個標準選偶，有甚麼可指責的呢？

「我還不是，一樣的也好愛林安娜的才！」她說：「不過太要聰明了，單巧又是很誤人的那種聰明……」

說起林安娜的才，和她那份所謂誤人的聰明，的確是令人不知驚異的好，還是擔憂的好。單就繪畫基本技巧的訓練為例，水墨畫中的用礬和用膠，不消說，那是需要長期的經驗累積才行。這些年來，水墨畫的雪景已沒有多少人再畫。偶見一幅兩幅，一看就知道在礬和膠的運用上很欠功夫，可見那是絕對討巧不得的。但是林安娜，這麼一個沒見過雪，不識雪性的初習畫的女孩，偏愛畫畫雪景。我們倆都很注意到了她這一點古怪。固然，性格或鄉愁之類的情緒，或出于某種補償心理，都足以構成創作心理的趨從；然而兩個人探索的結果，都覺得與其認為她是出于那種創作心理，毋寧說，主要的還是賣弄聰明。你真難以置信她能那麼快速的就領略了，並且純熟了這方面的技巧。她的那些習作，看上去真像是狠狠的下過一番苦功，從長時間的磨練裏得來的；真的，看在不知內情的人的眼裏，真像是那麼一回事。

在我們畫會的幾位朋友當中，鑑賞力方面，希禮的眼睛是出名的銳利。但是，一般的，也被林安娜的畫唬過去。她有那種本領；不下甚麼功夫，但唬得住人。哪怕是個高手，照樣會一不當心栽在她狡獪的手裏。

然而說她唬人，又並不十分妥切；因為你簡直覺得不光是我們倆在縱容她，根本就是上帝在縱容她——當然也可以說是魔鬼在縱容她。我們一向都用的是中藥店的阿膠，後來郭頌從日本那邊弄來些鹿膠，送給我們一部分。樂維君那麼大方的人，都捨不得輕易拿出來用。尤其她畫的那些專門討人喜歡又賺外匯的畫，更犯不着用它。沒想到讓林安娜偷偷的弄去用了。兩者的調用法是有出入的，可是僅僅在郭頌送來鹿膠時，跟樂維君約略的說過一些用法，她從一旁聽去便領會了；而使用起來似乎照樣得心應手。她就是那麼鬼，被上帝和魔鬼爭相寵愛着。你有甚麼辦法？你只有服她，並且一面替她憂愁。

自從那天午間，被林安娜那麼挑釁之後，儘管樂維君很婦道的不去計較；儘管也被她半真半假的取笑了，挖苦了；然而在所謂的師道上，正經歸正經的，我們不能不對她深深的感到關切。

但是真正的深究起來，究竟林安娜是個怎麼樣的女孩，我們却又茫然得很；你總不能僅僅根據她那點身世，她那些怪怪的穿戴，就判定她如何如何罷。

是的，情感很浮蕩，很不平穩。她不大注意細節，隨便的兩腿叉得很開的坐下來；從衛生間出來，一路往下拉着裙襬甚麼的，能夠當着你整理絲襪吊帶，而一點也不在乎……除此之外，甚至身上的那些男性專用的物件，那些含有多種的異性趣味的裝扮，以至被小傅譏為「股份公司」等等，所有這些，作為不負責任的隨便扯淡、推測、瞎猜想，都無不可，然而當作問題來深究，就滿不是那回事了。其實即便以那些我們所見所感的種種來作比，相形之下，那天午間她那番可怕的行徑，仍然不很相稱，而令人覺得那是一場突發的癲狂病。

那之後，當我們認真的留意起她這個人時，方始發覺更多的不可解。她的行蹤，那是可以了然的，除掉職業時間，和回到她姐姐家投宿的時間，幾乎盡在我們家中盤攪。

週末和禮拜天，更是膩在我們這裏。而每天深夜總是搭最後一班市營巴士回家。除非根本就是謊言，沒有甚麼姐姐，或者並非每夜都宿在姐姐家。但在後來她患膽炎臥病在家，樂維君跑去看她，「妳看，」她姐姐說，「整天在老師那兒打擾到三更半夜的，真不懂事呀……」那還有甚麼可懷疑的呢？此外，她和我們那些朋友在一起，從不避忌我們純東方式的性幽默的談笑，似乎很懂得一些男女歡愛的事體；然而以她和樂維君無話不談的親密，真正的談起她們女人視為專業那麼重要的性愛問題時，卻又顯得很無知。即使自以為是的也談過一些半些的所謂經驗，但多半都很可疑，似乎要不是從不正經的壞書上得來的假知識，便是強不知為知的在冒充的賣弄。「你甚至可以認為她——只是一張白卷，或者比起白卷還壞。」樂維君這樣的告訴我。

那末我們怎樣去了解她這個人呢？……

也許，你只好認為她是有過那種經驗，很不正常的壞經驗，或者很早很早——早得使她已經失去記憶的一種經驗；要不然，就是她那個不完整的家，所施予她的那種失卻平衡的培植，把她造就成一個複雜矛盾，不可解的生命。

關于後者，樂維君從那次探病，雖然多少察知了一些，可是不如說，那更使人困惑，越發不知該要怎樣的去統一她的人格。

那是一幢標準的台灣老式房屋，陰暗、狹窄，從前到後長長的大通間，三夾板隔出櫥櫃似的榻榻米房間。隔間的板壁很低矮，站在一牀叠起的棉被上，大約就可以把鄰間裏的一切盡收眼底，「我真那樣的懷疑……」樂維君說：「就算不那樣罷，隔壁的甚麼動靜能隱瞞得住？」——真妙，已經做母親，說起這個時，臉還居然紅起來。

但是使人不解林安娜為何要撒那樣的謊——她的姐姐根本就不曾生養過一兒半女。她有撒謊的癖向，這我們早就知道。但是無論甚麼謊言，不會沒有原因或目的的。那末，林安娜曾經不止一次的抱怨忍受不了姐姐的孩子們的吵鬧騷擾，她是為着一個甚麼原因或目的？除非想要我們邀她住到我們家來，似乎再也找不出甚麼理由了。

她的姐姐夫婦倆，寵愛她過分得出乎你的想像，而且是把她當作一個不解事的小女孩的寵愛。做姐夫的問：「要不要喝水水？」過一會兒，姐姐手心裏托着藥片，坐到牀邊上哄着：「把苦苦吃了罷。」夫婦倆滿口都是類似的這些兒語。

而林安娜，又決然不是一個長不大的嬌弱型的女孩。

你要怎樣了解她呢？

如今相處日久，已不覺得怎樣了。還記得第一眼見到林安娜，兩個人好怪的同時生出同一個印象——她是個「長長的棕色」。

然而這個怪怪的印象，一點兒也不屬于寫實。她生的高？瘦？膚色生的黑？雖然並非全然的不是，至少拿她和樂維君比，她還略矮一些，豐滿一些。她的膚色趕不上樂維君白得那麼透明，但決不會有人說她是個黑女孩。

她給我和樂維君的這第一個印象，使得我們狠狠驚喜着我們倆的觸角如此的相合，簡直怪得神祕；甚至因此而使兩個人更加感到我們愛得多麼一體！

不過我們誰也說不出甚麼緣故；很玄的感覺，認為她似乎就是變形的、孤立的、強調着觖望和焦躁的那種現代風的木雕。而在某種感動上，你會把她看作本然的有着一種頹唐精神，熱烈的作踐着自己，甩一甩原始的長髮，王八蛋！無所謂的茫然。

「說真的，無可奈何；人總不免有王八蛋的時候……」對于那個午間我的操行，跟樂維君，我只能找出這麼一個解釋。這已經很好，比起她樂家的男性，討小老婆、養姘頭，把酒女帶回家。她嫁給我，該算是嫁到一個完人了。

此刻，不正是又一次奔赴王八蛋的時候了麼？不必發問，人是十分清醒的在無可奈何着，而且有充分的理由，她既不在乎這個，你這個完人又是對得起你的妻室，對得起到含冤的地步，還有甚麼過敏性的自責呢？難道你安于認命你是個天生的婚外闖者？沒有這種事，你把神經放鬆些，你太需要臨牀實驗。反正背着你的妻子如何如何，之後你會源源本本讓她知道的。

對于她那個家族中男性們的行為，在婚後的現實體味裏，慢慢的她得到一種認識；在她看來，只有在婚姻生活中性能力失去自信的男人，才會在外面的亂搞裏到處去找尋臨牀實驗，找回信心，然而愈益慘烈的失敗是必然的；于是終而至于愈陷愈深得不可自拔。「除了母親——她最懂得我幸福還是不幸福——不用問我，也不用我跟她說。可是我們那些不幸的阿嬸、阿嫂，只有維揚他們倆比較例外，連阿印伯新討的那個小伯母，都認為我們……不可能那麼好。你不能想像，就像她們不相信我們一樣，你不能相信她們有多可憐，原始，簡直是低等動物，只知道命該傳宗接代，想也沒有想到女人也可以那麼好的。可見我們家那些風流鬼有多虧待人。只有維揚他們倆比較新派，在我們家族裏，也數維揚安分一些。這就是好明顯的例證……」

「好，妳們這樣當做正事兒的研究起來。」

「怎麼不呢，女人比男人更有權利，也更專一。」

也許是的。男人，至少我們那幫朋友是如此；一起談女人時，怎樣的不堪都可以說出口，唯獨各自枕蓆間的事，諱莫如深的從不去觸及。也許那便是男人們僅有的，最後一點的臭尊嚴。從那些春宮照片上便可以得到旁證，其中一律戴墨鏡的男人總是可憐的避不露面的。

儘管想到樂維君那些不怎麼可靠的高論，不覺心虛起來，然而究竟和我那些風流的妻族，我們還是不好相比的；雖則同樣的是懷着求證的心理。

況且一切難料，你那些蠢蠢慾動的枉念，未必得逞。況且你還有拿來給你自己壯勢的堂堂皇皇理由，你必須去質問林安娜；不，質問太客氣，你必須去臭罵她冒充樂維君的電話騙人，並且尤其不可容忍的，那樣捏造樂維君的壞話，破壞你們夫婦互信互守的篤厚情感。那樣嚴重的誹謗，你怎麼可以不當一回事的輕易放過去？你是個十足的膿包嗎？你不為自己，也該為你貞潔的妻子感到忿懣，而去向她問罪。

然而她可好輕鬆！側着頭，懶懶的靠在牀背上，一本正看着的甚麼小說放在腿上，安詳的彷彿傾聽着你在惡言惡聲的控訴另一個人的罪狀。等你控訴完了，脾氣也發得差不多了，她垂下兩脚，找地毯上的拖鞋。從進到她套房裏，她就沒有離開地方，一直嫻靜的靠在那兒，一種不動聲色的惱人的惡劣。這才下牀，「給我罷，外套，給你掛起來。」她伸過手來說。

「妳居然結婚啦！」我自己也不知道怎麼要問她這個；而且帶着責問的口氣。你管人家這個幹嗎？結婚又不是做賊。

也許是房間裏這種排場，和她那個味道，反正是屬于直覺的種種說不大具象的甚麼，使你可笑的感到一些妒酸。

憑她這種神態，我是個傻瓜，在火車站上還問她是否來台北找工作。她怎麼會是一個要工作的女人呢？

「太早了？還是不應該？」她整整睡袍說。大約是一種軟緞質料，淡藍的底子上綴着幾朵鬱金香，不俗，調子却也並不很高，給人一種失血的色感。對于衣料品質或種類這些常識，一向我是貧乏得要命。我不要欣賞她藉着整飾衣着，老在那兒強調她的身體，我走到外間來，雙重的躲避着她的反詰和挑戰。

初進來時，她就彷彿料定你必定要找上門來似的，門不上鎖，人躲在房裏，等于逼着你非進去不可。

當然，她早就應該結婚，你憑甚麼有意見！你們兩個不是都曾希望和勸過她早些有個歸宿，結束那個危險時期。你有甚麼可詫異的呢？

「妳要給我交代，這麼欺詐誹謗，于妳有甚麼好！」

她送過來洋女人抽的薄荷菸。「對你也沒有甚麼壞嘛。」她說。見我不理她，顧自掏我自己的香菸，她打着了打火機送近來。

「還不食周粟呢，甚麼時代啦老師？」

她根本就是要你注意到她的衣領多低，多鬆。我感到厭惡。但是你如果去宿妓，太可能也是在極厭惡中進行着交易，你沒有潔癖的必要，那是很滑稽的事。在臥房裏，當你進行着義正辭嚴的指責時，你何曾不是一面假設着，一切很簡單，你走過去，扯開她在一直把玩着穗子的睡袍腰帶，壓迫過去，就會那麼輕易的如願，比對你的妻子需要種種過程還方便。她那兩片微含笑意，又略有些孩子氣的翹嘴唇，已經是你曾熟悉的，你在那上面的假設是有歷史可稽的，雖然一部分的神祕已被你毀去。

那末其次，當你被欒維君所不曾使用過的某種化粧品氣味刺激着時，不必辨別甚麼香料，那種陌生氣味的本身便已足夠形成蠱惑，遂使人想到比起動物的嗅覺，顯然太遲鈍的人類不知從多麼古遠的年代就已把牡麝的腺體強暴了來，移植給了牝人，你是完全馴良的承認了老祖宗光榮的效力。人在一切事物上無不安于習慣，却唯獨對于藝術和性的需求，完全負心的慾望着新歡。

「不是嗎，老師？于你並不壞。」她根本不會抽菸，只是作勢而已。「已經替老師開脫了；要不冒充樂老師的電話，你不怕學校裏要生出多少閒話嗎？」

「妳如果是光明正大，就該直接到家裏來找我。」

「那也不一定就是絕對的；人為甚麼要用衣裳把身體遮住？為甚麼要有臥室？凡事都是可以光明正大的嗎？」

「妳不要這樣詭辯。正正經經的拜會老師，有甚麼見不得人？」

「我可沒打算正正經經的拜會老師。」她在那裏耍派頭，一揚臉，直直的噴出一道煙柱，煙梢直衝向充水晶的吊燈。夾着香菸的手，指甲上塗着銀色蔻丹，又是一種移植——食肉獸的爪。

「老師也沒打算正正經經的來看學生，不是嗎？」

「妳頂好不要這樣轉移目標。」你不這樣回她，還有甚麼好說的呢？
「妳跟我說實話，」我說。「妳是真的看到樂維君，還是假的？」
「反正是真的也是假的，你不相信，有甚麼辦法？」
「妳別以為妳很聰明，騙得過人。早就露出破綻了，我沒揭穿妳罷了。」
破綻是剛剛發覺的，且看她怎麼圓謊。為甚麼人聰明一些，就容易學壞。
「何必呢？既然那麼信任樂老師，還追問這個作甚麼？」
「妳要是知道樂維君不在家，早就到我家去纏我了。」
「原來就是這個破綻哪，」她笑起來；用一種使你覺得她和你毫無隔閡的那種笑。
「在你家裏你會受到壓力——雖然樂老師不在，就像上次那樣，你還是會在她的餘威籠罩裏。你自己是不覺得的。」
「強辭奪理！」你不知道她有多會裝，又羞又怨的瞟你一眼。而你明知道她假，又拒絕不了她的親暱。
「老師真健忘……」她翹着嘴，磨人的孩子似的。
「我就知道妳有鬼。」
「才不知道誰個有鬼呢；要不是受到樂老師潛勢力的威脅，你才不會忽然想起甚麼對不對得起的事呢。」

她是似乎把甚麼本領都使出來了，咬着嘴唇，那麼痛楚的看着你，把你看得把持不住的憎厭起來。

而我不能不懷疑，是否真如她所說的；雖然甚麼餘威，甚麼潛勢力，滑稽得不像話，可是真正的說起來，就像我的朋友笑我怕樂維君，樂維君的朋友笑她怕我那樣，大約相愛愈深，愈是相互體貼，尊重，也愈是給人那樣的印象；愛情，未始不是一種壓力，即使在形體上彼此分離，仍然具有遙控的威力。並且那是我和樂維君兩個人專有的臥房，專有的牀，從蜜月到臨盆，夠熟稔到骨髓裏的一切的一切……

然而阿里山上又作何解呢？

又一個發現，使我好鄙視起自己的愚蠢——

「老師笑甚麼？」她問。

「我笑我笨，險些兒中了人家的暗算。」

她繞着茶几過來，一面撒賴的擠着你坐下。「你就把人家看得這麼壞……」好重好重的鼻音，黏黏的膩得死人，「又是陰謀，又是暗算，誰把老師怎麼樣了嘛！」

「怎麼不是？妳說——」

她堵住你嘴，用她的鹵莽的吻。那只使你感到你在被她當作蛋糕在吞着。

「妳少跟我耍這些；妳以為造了她的壞話，就可以使我不怕對不起她。妳錯了，我不喜歡這樣子用心機——」

「反正你不相信。」

「妳不可以對不起樂老師——」

「早就對不起過了。」

我要走，被她纏到身上來。我還是從用不上力的深沙發裏挺立起來，望着房門走過去。

「老師，你好忍心……」頭髮被她從兩邊狠狠的抓住，往下墜着。那下墜的重力，使我重又跌回沙發裏。

好半天的靜止。也好，讓妳冷靜一下。我說：「不要再這樣任性，妳是結了婚的女人了，妳知道，妳有責任——」

「我不要聽那些濫調。」

她搔亂了一臉一胸的頭髮，重又安靜下來，側着臉貼緊到你胸窩裏。

「你可知道，」她是顯得很沒有力氣的說：「結婚可能代表甚麼？結婚只有一個意義？」

我不知道要怎樣理解她的意思。黑而生着黃梢的頭髮，滾滾的流在淡藍色的軟緞睡袍上，我的手撫弄着這一遍好似真的在隨着她的背和衣摺往低處淌下去的黑流，一下下安慰的撫弄着。手是自己的手，漸漸的覺得有些陌生，這手生來是撫弄樂維君的頭髮的，手背上用一顆大的黑痣做着記號，那該是屬于樂維君的，怎麼這樣一無畏縮的，愛憐在另一束黑髮上……

「一個快六十歲的老頭，你知道嗎？……」

好似夢囈，含含糊糊的吐着。我等着聽她。心裏開始有一種蠢蠢的不安。我的手立起來，彷彿攔阻着這一遍黑流往下淌去，無意識的向上推送着，木木的一無生氣，一下一下往上推送着。她說的甚麼？她是跟我說話麼？頭髮在我的手掌前面蜷起來，彷彿水位漸漸的漲着，漸漸要漫過閘壩，從我的虎椏上泛濫出去……

「不過他是個富翁，保養得很好。你懂得了嗎？結婚的意義？很莊嚴是不是——」

「妳怎麼會這樣的不知自愛！」我忍耐不住的大聲說。

她的肩被無聲的笑得抖動了一下。

「就是太『自愛』的緣故。」

「我不信有人逼着妳；妳也不是肯受人逼的人。」

「我可沒有想到逼不逼的，」不作聲了好一會兒，她接着說：「不過，也可能是被逼的。不是被人逼着；是被別的甚麼逼着。我不知道。」

「我真不能想像；妳姐姐從小把妳教養大，那麼疼妳，寵妳，對妳寄望不知有多高。結果妳這樣的自甘墮落，我真不能想像，他們有多傷心，失望，妳要怎麼跟他們交代！」

「老師這樣想，太忠厚了。」

「妳可恨！」

「我的意思是說，老師的藝術造詣這樣高，為甚麼還會這麼缺乏想像力。稟告老師罷，姐夫現在是第二副總經理，月薪八千塊，公司給了他一棟很像樣的花園洋房。老師，根據這個，你可以發揮你的想像力了罷？」

「原來你們遷到台中去，就是……」我才恍然大悟。

「這還不算報答了姐姐的養育之恩嗎？」

「妳用這種墮落來報恩！」我狠狠的說，而心裏像是堵住一坨悶悶的甚麼。

「我可沒感到甚麼鬼墮落。」

「多半是罷，墮落是不經過感覺的，所以妳感覺不出來。」

「你自己也沒有感覺出來！」她直起身子，狠瞪着人，掠一下頭髮。她的另一邊臉龐，仍然遮在濃濃的頭髮裏，也不去管它。

「你還不是為了藝術，靠樂老師供養你！憑你可憐的薪水，你能活得這麼專心？這麼富足？一點也不用發愁吃甚麼、穿甚麼、住甚麼？而且又買了一棟新房子？我不知道嗎？」

我冷笑了一聲。

然而冷笑也者，恐怕只是直覺的反應罷。我需要思索一下呢。她怎麼想起來要這樣相比？比得的麼？也許某一些是可以相比的，但至少說不上甚麼墮落，那是拉扯不上的，愛怎麼能構成墮落？

「這樣的話，表示妳是愛他，是罷？」我嘲笑着。

「至少我沒害他。沒有像你，害樂老師把天才拿去買公寓，替你開畫廊，印畫集。那他沒有一點點犧牲；他從一個女孩子身上，同時得到一個老婆、一個女兒、一個孫女。那我比起你來，太自由，太不用良心不安；我不用為着畫展畫，為着人家喝采畫，為着做一個名揚國際、流芳百世的大畫家畫；我用不着，我愛怎麼畫，我愛畫甚麼，一點也不煩惱，連對我自己都不要負責，你能夠這麼自在嗎？——」

「嗯，好漂亮的幌子。」

「甚麼？」她要跳起來。

「好漂亮的招牌。」我努力抑制着激動不堪的情緒，一直自覺着臉在充血。

「反正你的成見太深；」她說：「你總是很頑固的認為，只有你和樂老師門當戶對的結合，才是正派的、合理的、標準的、美麗的、正常的——」

「問題不在此。妳可以有妳的生存理由，怎樣的自由自在，妳都有權，不過妳無權否定別人的生存理由。」

「誰否定誰啦？真是笑話。」來了，女人的特色，我討厭這樣子開始跟你無理性的胡纏起來。

也許是樂維君把我慣壞，她是向來不來這一套的。

「生氣啦？怎麼不說話？」好半天，我板緊着臉，她搖搖我說。

「我不能原諒妳。」

她望着我，好像要尋找和確定我的意思。

「從來我都沒要人原諒啊。我也沒辦法懂得『對不對得起』到底是甚麼意思。」

我不要再說甚麼。不悅的睨着她。

「就好像今天在火車上，」她笑起來。「有個外國女人對錯了號碼，坐到我們座位上，你猜她說甚麼？——一再的陪笑着說：請對不起我，請對不起我……」

你不能不承認，她笑起來多麼燦爛。

「我理解了好久，都不懂她是怎麼學來的這句中國話。」

無聊透了，居然我也跟着思索起來。

「好，我沒有理由。老師大人，消消氣罷。」

她重又開始膩你。

「不要這樣嘛……」見你不理她，又發出那種黏膩膩的鼻音。

你算是拿她沒辦法，你也抵擋不了她，然而又不很甘心。責備的注視着她，我說：「妳所謂的自由，也應該包括巴巴的老遠跑來台北，跟老師闢室幽會罷？——不要光打着藝術做招牌。」

「不要想得那麼美啦，」她坐到你腿上，啄你的額角。「你能不能替她想想呢？她陪着老爺來健康檢查，老爺要住在醫院裏修理三天，她一個人做甚麼？」

「如果妳正正經經的嫁一個人，妳愛他，體貼他，就不至于這樣。」

「那你愛樂老師，體貼樂老師，你又該怎樣？」

「從一而終。」我不能替一個未知——是否地道的婚外闖者，而給自己留條退路。雖然此刻我似乎覺得我能夠那樣她了。

她皺着鼻子，貼近來，表示她根本就看穿了你的不誠實。她是那麼敏感的女人，自然感覺到了你的變化。而那，也正是我所熟悉的，且是擔心的，開始迫促的戰慄。多麼壞得叫人發恨的再次重複，多壞的光景……。她像一隻蝶，展起睡袍的翼子，她搆着去熄燈，拉那精細的白色絲穗。三燈頭的立地燈，一次又一次的，三次才拉熄了它。失光的大燈罩，便和深垂的壁幃顯出同等的料子和色調……

你是無心的看着這些，暗中鼓勵着自己，不知道也不追究她熄去立地燈的意義。而你不難意會到她的狡黠，她就是要展開那幅蝶翼，讓你發現那條束住睡袍的絲帶何時脫落了，讓你察知又一次的重演，難道那是她的惡癖麼，天生她該做畫家的模特兒，蝶翼下依然是未經繭眠和蛻變的幼蟲，從火紅牛仔褲的那時起，一直不曾成蟲麼？

你模糊的感覺着你像一個初開蒙的孩子，讓人把着你的手握筆，幫你描紅模。她把着你的手，這樣，那樣，一個盲人，戰索在一個觸覺的赤道上……

然後你焦灼着，你最熟知你自己，你已臨屆了等你自己的一個極限，你對你自己再也沒有解釋和挽留和拖延的遊說，一切幡然的棄你而去。你斷然的摔開她，你碰撞到一些家具，微醺的奪門而走……。

而似乎是一種轉移，她接替了你的鹵莽。

不一刻之前尚屬于你方的粗暴，現在給她方接替而去。鷹的銳爪，爪上塗以銀色蔻丹，那是一雙金屬零件，殘忍如無情無感的機械咬齒，鉗住你襯衫兩襟——

你掙得脫嗎？

你不獨被猛禽的爪攫住，你被食肉獸的利齒寒進你心的底層裏。

「安娜……」

「不要，不要……」那是咆哮；你聽見你被咬進一頭母獅嘴裏，而牠因為受到伙伴們的窺伺，在發出示警的低吼。

她命令你解除你的一切，讓你知道如果你不肯，你的衣着會被她撕成一條一條，你將無法走出這裏，走上街去。

你于是只好被你的可恥的馴服所解體，而所謂好事的本身也被宣告解體，一點點也不再是無比神祕而美妙的性愛；你是被一個惡鬼緊張的抓住，咬住，如同被一條大蟒或八爪魚緊張的裹住。那一時大亂的頭髮，好似鋪張到天邊去的大片黑暗，把你深深的掩埋進去。

你是十分的清醒，你感覺到她的髮間有唾腥和鹹鹹的淚濕，室內的冷氣在使你的赤裸的忍受不住的寒上來……

在一棟燈火通明，豪華壯觀的大建築物裏，你是十分清醒的在被羞恥着。你沒有恐懼，憤怒，或者反抗，你只是羞辱的肯定了你。暴虐在進行着。你必須認命了你，再不容可懷疑，可非分的倖望——

她的哭泣，肯定了你是個婚外閹者！

寒星

我駐足在自家門前的深巷裏，無睹的望着巷口外面發怔。

巷口外面，馬路上流竄着車輛，不斷的丟下嗯的一聲，嗯的一聲，好像瞄準了巷口丟進來那一聲聲，專程丟給你作甚麼用的。巷子真夠窄，再嬌小的車身從馬路上流竄過去，你都永遠不能夠在看到車頭的同時看到車尾。

此刻，我不是要看這個。一個熟得使你張口就要跟他打招呼的球員，你為他喝過采，惋惜過，瘋迷得要命，然而迎面而來，錯身而過，他根本不認識你，連看你一眼的興趣也沒有，就那麼走出巷子，右轉，看不到了。然後你只看到無聊透了的車輛，流來竄去的忙着，逃着，追着……

怎麼應該是這樣呢？人際之間是這樣單行道的交通嗎？

我怔着，彷彿這才是生來頭一回留意到這麼不合情理的人際關係。

「嗐，傻瓜！」我聽見背後樂維君的聲音，迷糊的轉過身來。

「瞧你，傻看甚麼！」被她質問着，這才想起我已經晚了一個多小時到家，跟她約定的是三點鐘。「給郭頌絆住了，帶着他女孩子。」我說。送情的注視着她，我喜歡看她每當這樣的時候，總是不在乎的揚過臉去，而那分明是很在乎的在避開你，裝做沒有事的樣子。

「不就是上次那個？」

我知道她問的是英專的那個。但今天根本就不是那個女孩子。不知甚麼道理我要替郭頌這樣作無謂的掩飾。「今天我對她的印象不很好。」

「是她給你的印象不好，還是你給她的印象不好？也不說清楚！」

我想了想，「我對她的印象」，這不是說的很清楚麼？也許謊言的本身，就會透着一種給人直感上的模糊。「說不出道理，大概是衣裳的色調欠佳罷。」

「你會注意女人的服裝？」

很糟，我說過的，男人很少注意女人穿甚麼，也許是下意識裏很恨那些障礙物，男人要看的是身體。我這樣說過，自覺坦率得很可愛。

「我說的是式樣。色調你能拒絕嗎？」

這是在滾雪球，本是很小的謊言，却要用繼續的謊言賠上去，實在不好。上着樓梯，想得到的，上完樓梯，甚至進到屋裏，謊言還是要往上加；真是何苦來要替郭頌這傢伙掩飾！壓根兒用不着的。「對了，」我停下來，「沒看看信箱……」

「我替你看過了，一封信，一封鍾家麟畫展的請帖。」

很好，總是岔開了。再也不會這麼無聊。對樂維君這麼一個純淨的女孩子，你真不忍心給她一點點的虛假。

鍾家麟的畫展請帖，我當然不要看。另一封信，拿在手上反覆了半天，好陌生，看不出一點心得。好似要跟自己拗着，想要猜出是誰寫來的信，猜出來再拆封。

「誰的信？」

「嗯。」我無心的應着。「妳先檢查一下那些分色罷。」

信封上沒有寄信人的姓名或地址。努力的猜測是很徒然的，你根本就毫無邊際，無從猜起。字是不敢恭維的小器，而且是尚未自成一體的幼稚。

信到底還是忍不住的拆開，信紙的疊法很彆扭，一個幾何圖形又一個幾何圖形。信寫不好，就用這種巧妙的折疊來挽救，大約就是這樣子。

信的開頭寫着「親愛的秦星老師……」好似見了謎底的猜謎者，這才覺得自己好沒有心眼兒，早應該從信封上猜測得出是甚麼人寫來的；信封的不夠大方，印着粗陋而令人難堪的花花草草，不就是初中的孩子特具的趣味麼？

我沒有看信，先忙着認認信尾署名。誰都會這樣的。然而，「寒星」，署着這樣的名子。這是做甚麼的？寒星寫給秦星的信。這也是人的名子麼？能把人寒星住了。

真的，你想想看，誰認得出幾顆寒天的星星？牛郎、織女、北斗星、小北斗，都是夏夜裏認來的。沒有人站在寒風裏，縮緊了脖子還有雅興想到天上的星星。

多寂寞冷落的一封信！還不等細看內容，心上先就匆匆掠過這麼一個感覺。實在很莫名其妙。

「樂維君，過來看看這封信。」我把信紙抖出聲音來。樂維君讀着信，我讀着她的面孔。

她的眉心略略皺着。開始，那是不容易立刻就能了解信的來意的。說你像她的爸爸，簡直像她的爸爸像得要命，連她媽媽都認為如此。她的媽媽為甚麼認得我？述說這樣可愛的事體，為何要隱姓埋名呢？樂維君那圓悠悠的臉龐上有些動容，她是個很容易把自己凝注在一樁事情上的女孩子，她已沉進某一個世界——寒星的世界裏，傻傻的微張着口，一對好稚氣的大的門牙露出那麼一點點。

她是每一顆牙齒都像珠寶一樣給你一種不凡的美。或許我更喜歡她那鑲在門牙兩旁，彷彿覺得一對門牙生得大了一些，而急忙緊縮成那麼尖細的小虎牙。「您不會感覺到嗎，那一顆躲在天邊的小星，眨着一對渴望的眼睛，盼呀，盼呀，盼着一個星期出現兩次的那顆大星……」我看到樂維君那微微有些粘合的唇角，隱約着不很以為然的嘲弄，似乎一絲絲明朗起來。你能揣摩出她是在臆想甚麼嗎？還是回憶甚麼？低垂的眼瞼靜止了，睫毛溫馴的覆蓋着，專注得不自覺的翹着嘴唇，你無從猜測她被信上的甚麼地方吸引，而致陷落得那樣深邃。

對于這顆寒星向你所作的那些頌讚，你會因為確定那是一種不能達意，受着文字駕御能力限制而無法準確表露一個孩子心靈感受的種種，而不以為意的；然而你被暗暗的喊着「爸爸」，你被一對母女時常的放在口裏念着，對于這樣，你會一點也不被打動麼？儘管這種被打動，一點也不涉及激情的，或者莊嚴的甚麼？

我不以為樂維君那一絲不以為然的嘲弄，會出于不悅的反面心理。她不是那樣俗淺的女孩子。她那濃密的睫毛，在一陣看似入眠的靜止後，重又緩緩的搧拂着，屬于貴婦或者古典舞孃手裏的駝羽扇的那種溫靜。彷彿離着信箋那樣遠，依樣緩緩的撫慰到一個無父的孤女袒露在信箋上的那番戚然。

而我也有理由以為她的嘲弄是當她意識到我可能感到了某種得意或滿足，而對我所發的一種取笑——好呀，恭喜你做了爸爸……便是這一類戲謔罷。

然而也未必如此，她是那麼溫厚，即使對我有取笑的意思，也不很可能產生在這個時際；她是不會完全無視于一個小孤女所吐訴的情感的，雖然這情感和表露的樣式，略有些幼稚。

「常有這種情形罷？」她把信還給我說。

我不知道為甚麼她會這樣的問我。

「對妳，可能不稀罕。」我是未加思考的問她。

「才不會呢。」

「那妳是甚麼根據？」

「對一個生得很帥，又是教美術的老師來說，這種事情應該是常態。」

「大概只有妳才覺得我這個人生得帥。」

「才不會覺得你這個人怎麼樣呢。」她是有趣的笑了笑。「不過在一個小女孩眼裏，那就靠不住了。」

「那妳呢？除非男孩子都患了色盲。」

「壞嘴！」她給你狠狠皺了一下鼻子。「你根本就不夠資格為人師，你的教育心理學不知讀到哪兒去了……」忽然她笑起來，而我立刻便會意到她在笑她自己。她讀的是師範學院，錯覺着我也應該和她一樣才對。她揮着手笑着，用這個否定適才的錯誤。

「你知道嗎？男孩子很少有膽量給女老師寫信的，女孩子根本就沒有必要。女老師——」

「我懂了，我判斷——」我搶過她的話，但又被她搶回去：

「女老師向來就不如男老師風光，哪個學校都是這樣——」

「妳聽我說，我判斷，妳就曾經給男老師寫過信。」

「那才笑話呢。」她搖散了一臉的頭髮。

「笑話能否定事實嗎？」

「你壞透了。」

「猜對了罷？」我不明白，那一對俏皮的小虎牙會使她笑得成為一種羞態。而她實際上不會憑空害起甚麼羞來的。這是一個新見識。

「也是中學時代？」

「只有過一次罷了？」這一次她才真的顯得有些不好意思。

然而她笑得好憨。「好可惡，根本就沒有理人家。」

「還不也是化名？」我想到，我還不也是沒辦法去理會這顆「寒星」。

「才沒有化名呢，」她說：「不過，至少姓是沒有化。」

「那就是了，光知道姓有甚麼用？那也沒辦法理妳——」

「哪裏！全校就這麼一個姓。」她搶着說。

「真的，」她說：「現在想起來還有些害怕；真是好無知，好大的膽子，居然還寫上地址。」

我設想一下那種光景。

「妳不該說妳那位老師可惡。我認為那是個了不起的老師。」

「那有甚麼！那位老師頂小的女兒都比我大。」

「也不盡然。年齡也不是頂堅固的牆。並非沒有發生過那種很討厭的事。」

我是記得有過的，但是一時記不起可以拿來一談的某個事例。總之教育界發生過那種不體面的事。當然，所謂教育界，又不是上天眾神的淨界。眾神尚且有思凡之心，做老師的起碼總是人罷！我想起和樂維君曾有過的一段感情低潮時期，一些兒戲似的疑心，就是那樣的。那時候，幾乎遊離着一個念頭，我要全力培養她成為一個了不起的畫家，差不多那是次要的！而那個時候，何嘗考量過年齡，即使意識到，也不曾認為那是一堵高牆。雖然那種念頭，不免帶着幾分嘔氣。

十個班級的美術課，一個禮拜下來，我不由自己的猜想那顆「寒星」，每一張原本純真的面孔都使你感到那上面的嫌疑和心虛。每一張翹翹的嘴唇，都像是暗暗的喚着你「爸爸，爸爸……」

我不能採信樂維君那種私式而非公式的帶入法。照她那僅有的一次經驗，根本她就是發瘋的捏造着自己多麼孤單，飄零，淒楚，那是那種尷尬年齡的一種享受，彷彿全世界都不配了解她，也不要任何人的了解，即使母親和姐妹；而只等着一個人來了解她，給她所矇矓意識着的一種愛，表現為一些縹緲而不務實際的施予——即或只是被你瞥一眼，被喚了一聲名子，被問一句無關緊要的甚麼……那就是勝過一切的愛和幸福。一種極易知足的慾望。「完全是鬼話！」儘管她說，她不肯定這個「寒星」一定跟她那時候的情況完全一樣——新派的現代知識分子總是藉着不作任何肯定來表現開明的觀點的。樂維君不會是一個智商很高的女孩子，這由她乳房的海拔可以判定，多半那和智商成為一種反比。可是她並不甘那種由于妄加肯定而表現的愚昧，這我看得出來。但是既然述說了她那番經驗，想必不是毫無用意的罷？

然而你能否信以為真——一個女孩，鬼話到把自己揑造成無父無母的孤女這麼荒唐。

當你有心的要在那些天使的面孔上尋找你所需要的某種臉譜時，除了你的疑心，你是一張也找不到。這就如同在非形象繪畫中妄求肯定的意義，同是一般的愚拙。

如果按照教本施教，那種必須使每個學子都要造就成為畫家的虛妄和強求，正如公民課之務期每個孩子都成為聖賢，兩者同樣的都是教育官吏們迂闊而不務實際的構想。而遺憾的是，這兩門課程在升學之道上，正巧都是快車不停的小站。

而我，便是這個小站的一名站長。在應屆畢業的班級上，你根本就是個失業者。然而我還算堅強，並且持久，我告誡自己，我沒有權利自卑自棄。雖則我並不是個有抱負的教學者，但我懂得——至少，我有自信，照着一個較實在的、較長遠的理想去做。起碼我有把握把美的精神傳授給我的學生們。除非是難得發見的天才，我決不勉強可憐的孩子們被折磨着、被成績單的分數威迫利誘着，接受太專門的繪畫理論和技術。

在講授現代畫並不就是抽象畫，而合理繪畫的抽象畫又並不是不合理繪畫的非形象畫時，在許多設譬當中，我是很陰謀的假設了一種情況，「妳們當中，如果有一位同學用化名寫信給我，而我很想知道這是哪一位同學，但是沒有辦法知道，那我會怎樣？」

唧唧喳喳的意見很多，能夠聽清楚的，沒有一個是正經的意見。很可愛的無知和胡鬧。當然，這都不關緊要。一樣的，我自己就是在別具用心。一一的在每一張面孔上尋找可能表現出來的可疑跡象。

「可惜我不是個情報員，我是個畫家，這是我假設的情況——」

可能這是那天在我家巷子裏碰見那個球員的光景，使我生出這樣的一個比喻。

回到正題上來，我說：

「妳們看我——換言之，在那位化名同學的眼裏，我是一幅肯定的，寫實的，具象的傳統畫；可是在我眼裏，那位化名的同學是甚麼樣子？是妳嗎？還是妳？四十二張面孔，張張可疑，但是妳只能選擇其中的一張，怎麼辦？……」

「老師，是我嗎？」

「是我是我是我。」

…………

孩子們的天性，本就愛這樣的嬉鬧，為何做了老師就必須壓制這種天性呢？

這樣鬨鬨的鬧着，會偶然產生一種奇怪的現象，即使約合好了，也沒有這麼整齊，彷彿指揮棒下的一拍休止符，鬧嚷驟然的寂靜了，很驚人的一種寂靜——一隻兀鷹掠過吱喳吵鬧的林梢，就是這樣子。驟然寂靜。

「停電了。」靠窗的一個女孩說，黃黃的頭髮。

結果，自然是更熱烈的嬉鬧。

「拉比，是我嗎？」黃黃頭髮的女孩再度的幽默一次。印象裏，她好像姓周，但我一點也不能確定。白白板板的兩腮上，有很重的雀斑。

「老師，拿餅蘸醋給她吃。」

一時，教室裏流行起達文西的「最後晚餐」。這樣不是很好麼？無羈的聯想，不管怎樣，總是比粗魯的橡皮擦來擦去，擦得起毛的紙上一片灰暗而畫未成，總是多有受益罷。

于是從學生們當中產生了結論，現代畫的流派雖多，從抽象派和超現實派兩大主流下來，表現派、野獸派、立體派、未來派、達達派、絕對派、潑染派，乃至中國畫家李元佳、蕭勤他們最近搞的龐圖等等，實在太龐雜，然而唯一的性格，總不外是揚棄模倣物體外在形象的傳統觀念，朝向純粹抒發內心情緒的大路上行進。只有神子耶穌才用蘸醋的餅，那麼肯定的遞給賣祂的門徒猶大，人是不必也不能夠那樣努力于一種徒勞的。

「老師，」黃黃頭髮的女孩，居然正經的舉起手來發問：「老師甚麼時候畫一幅『一個化名寫情書給老師的女生』呢？」

「我會畫的——那要等我接到情書之後。」

十個班級中，可懷疑的人物很多，可似乎都不若黃黃頭髮的這個出頭出角的女孩更惹人見疑。你知道，現在的女孩，不再是那麼容易因心虛而臉紅甚麼的了。她跟我狡黠的耍着虛虛實實，你是很難按着常理推斷的。把化名信說做情書，不管有心無心，總是叫你費猜罷。

而情書和畫一起來了。

真的使你不得不承認這是一封情書。這倒不頂頂叫人吃驚。吃驚的是一幅「一個接到女生化名情書的老師」速寫畫。

「……我不是要否定老師所舉之例子——您好詐喲，借題發揮——一點點這樣的意思也沒有。我真的沒有要別苗頭，也沒有要試試看我畫老師內心情緒是否受到老師外在形象之影響。我也不知道，也不枉想會屬于哪一個流派。但我只是要畫，畫了許多許多，每天我都要畫，只為着這樣能使我感覺着是和老師在一起，或者爸爸又在我身邊了……」

而這是甚麼樣的一幅速寫畫——

一張從三十二開筆記簿上扯下的白紙，三個邊是方整的，一個邊扯破許多缺口，撕扯時似乎很粗魯，用力拉出的縐紋依稀可辨。而白紙上不僅印有暗格的線條，並且還有前一頁畫的甚麼所透過來的痕跡。

就在這麼草率的一張白紙上，用的是四色原子筆。畫的中心是方向無定，長短無序的七個綠色輻射的箭鏃。這其中，若非信筆所之的偶然形成，那末最長的一枝箭鏃，微微有一些弧彎，影影綽綽的略加些紅的筆觸，構成套版不準確的雙線，而這個是不是有所解釋呢？——可能我又不自覺的犯上強作解人，意慾肯定甚麼的毛病。在這束箭鏃的周遭，近乎飛揚的火燄，綿延的繞成一個大致圓的紅環。環在右上角留下缺口，用一種煩躁的亂筆，黑黑的一再重複着塗成橄欖狀，似乎為了加深一種黑感，而在這裏加入了紅和藍兩色的重複。如果說它略似眼睛，那應該是二郎神罷，第三隻眼睛直立在額前，屬于威嚴和凶煞的淫惡，但也有一種詫異的神色。可是這裏，如果說它是一隻直立的眼睛，則又故意的讓它不分眼瞳和眼白，是否這又是有所意味呢？

被求解的苦思糾纏着，甩脫不開，好像濕手誤插進麵缸裏，為此而厭煩起自己來；一面猜疑着這只是一種無謂的徒勞，一面又着迷的執着求解，求肯定。人真是愚拙的東西。

想起從前對于周南南那個孩子的種種肯定，玄得甚至引起自己在藝術上的自卑。而結果，經不住那個孩子無心的一一推翻，根本全不是一廂情願的那些判斷。真是可笑透了。

「這不等于符號派了！」我看到樂維君的嘲笑。

我懂得她的意思；既是嘲笑，自必是說的反話。幾乎我敏感到她對寒星含有了敵意。我可一千一萬個不要我這種敏感是真實的；像樂維君這種女孩子也居然生出妒意——還能到哪裏去找乾淨的女孩！

達達派的象徵符號，自然不可以作這樣的解釋。可是又一次的不悅，儘管藏在心裏很深很深，總得承認，又一次的她顯得高過你。這使你更深的愛她，又說不出的感有一種微妙的膽怯。

是否正如天生的麗質一般，她是天生的凌人氣質？一個智商不是了不起高的人，而一樣的使你感到高過你，是愛情關係呢？還是智商並不等于智慧——或者說智商和智慧並不成正比？或者還有與智商無干的靈性？

這是不是個新發現？

且不管發現的是答案，還是問題，這些總是我素來所不知道的罷。

而另外的一個發現，則是我一直所費解的；為甚麼像她這麼一個美得耀眼的女孩子，在愛情上反而一直的寂寞着。是否可憐的男士們全都和我一樣，開始時裹足不前，接近之後又受不住她那種天生的凌人氣質？

如果這是一個可靠的發現，那我應該是個敢于嘗試的強者？還是長于屈辱的弱者？

我們一度反目過，幾乎吹了，為着我太喜愛周南南那個孩子，被她暗示那是一種不健康的愛心，我受不住那種傷害。想着被一個人——尤其被一個你所癡迷的女孩這樣的以為，你還能把你的自尊卑屈到甚麼一種地步才受得住呢？

而更其要緊的是，我真的發覺我那不很純淨的愛心，確是可懷疑的，這就越發的心虛而惱羞起來。原來被栽誣和被揭發，心理上全然是一樣的反應。

我不願意承認那是甚麼符號派不符號派的。可是又禁不住暗暗的覺得多日來的猜疑和着迷，似乎一下子就被她點破了。真是叫你不服氣得很。

「我是只想跟妳研究一下這個孩子的心理的。」

「對呀。」她好輕鬆。

「妳比我內行。」

「那也未見得；學理不會比經驗更般配現實。不過你是不是感到——就算這是一幅作品罷，那你是不是感到造作？」

「藝術不就是造作嗎？不過分別在看不看得出造作？」對于流行的新派畫，她是用心的畫，用心的鑑賞，所以一直很憎惡那些贋畫製造者，而諷刺他們用偶然效果在那兒鬼混唬人。那末，「一個接到女生化名情書的老師」既然被認為造作，起碼不是偶然效果罷？

「兩者並不衝突呀。」

她重又把那張潦草的畫拿起來細細的看了一番。

「也許畫了十本簿子，才挑出這麼一張，」她指出那些前一頁，或者前兩頁透過來的痕跡。「那不是偶然效果是甚麼？」

「筆觸很自信，對于筆和手絕對信任，看不出猶豫。」

「也不盡然……」她還在挑疵似的仔細鑑定着。「那也不是唯一的證據。」

「就算是罷；可是鬼畫了十本筆記簿，碰巧就這一張最能表達出內心裏的那個東西，不也是沙裏淘金嗎？有何不可？」

「才不一定呢；」她沉吟了一會兒。「方法懂得太多——我是說，懂得別人的方法太多了，人太清醒了，不一定是樁好事。」

「也許。」我當然承認那個。「可是不管怎麼說，我的教學要求，是幫助去掉她們的眼罩，多見識一些不同形態世界的美。」我這樣說。

我很知道，這是一種很微弱的辯護。

我把話題拉遠了講。「你們貴省不使用騾馬一類的牲口。妳見都很少見過。妳不知道那些神經質的牲口，倒有多容易受驚。所以不管是輓車，還是馱幟，都要在這裏（我比劃着兩鬢），一邊加一塊這麼方方正正的眼罩，把視界盡量縮小，縮小到只夠看見正面窄窄的一道去路，只要看得見路走就行了——」

「我懂得。」她深深的點着頭，面頰貼在一方黑色大理石的鎮紙上摩挲着。

「那是一種惡性循環，妳知道。」

「我懂得你意思。」

「我一點也不堅持是否這算是一幅畫，主要的是這顆『寒星』是否值得研究。」

「你一點也不像教了六七年書的老師，還不如我們剛出校門的呢。這麼大的小女孩，正是最愛作怪的年齡。好像出痲疹一樣，誰都要經過那一場。人家不是跟你說過了！」

但我認為那跟教員的資歷並沒有多大關係；那只不過是一個女孩子成長過來的親身經驗罷了。

「所以你要尊重人家的經驗哪。」然後她說：「你那樣『借題發揮』，找出那顆寒星沒有？」

「我要找出來幹嗎？」我不知道為甚麼要掩飾那個企圖。而為着繼續的掩飾，我鋸着釘畫框的木條，手底下急驟的一陣抽動。

「那人家已經認為你是借題發揮了。」

「讓她認為罷。」

我抖着鋸子，抖出略有一些聲韻的顫索。是否就是那個雀斑很重的黃頭髮的女孩呢？我幾乎是迷信着就是她。

「反正你要是疑心起來，十個班級的每一張面孔，都閃閃爍爍的現出那麼一點星光。」我說了一點實話。

跺去鞋尖上的一些木屑，我發現樂維君正忍着隱約的一絲不懷好意的笑，不覺心虛起來。

「就連妳臉上也有星光。」

「是沾光。」瞧她別有用意的懷着譏笑，你根本就摸不出她心裏想着甚麼。

恍然我有些領悟似的，覺得問題也許是在不該拿一個那麼沉迷于你的女孩來同她談，以至使她逼得你越發的捉襟見肘。好似你在用一件比你的身架窄小得太多的衣裳，既穿不上，只有在那裏左遮右遮，終是掩飾不住你光赤的身子。

我還不敢斷定這樣的領悟是否可靠。一如我還分辨不清樂維君這樣的奚落人，是出于一種甚麼樣的情緒。如果說她真的是不樂意被這樣的拉來談那顆寒星，對我應該是一線可喜的光亮，我倒寧可不要這麼一個純淨的女孩子落入一般女人共有的那種卑俗的妒情。

經過許多考量，我把「一個接到女生化名情書的老師」拿到課堂上給大家欣賞。可以想見的那會引發多少唧唧喳喳的意見；邱比得的亂箭呀，熱核子輻射的阿爾發線哪，熱情如火啊，云云。

當然沒有人肯承認畫了這幅畫，也沒有人會如我竊望的站出來舉發——我多麼不懂女孩子們的小心眼兒！看來，我真不配在女校任教了。

那個雀斑很多的女孩，我不知該怎麼說；是她太敏感嗎？還是我不自覺的老要多注視她幾眼？抑且果真她就是那顆躲躲藏藏的寒星？

而這個似乎缺乏黑色素的女孩，一點也不是躲躲藏藏的個性。「老師，千萬不要拿餅沾醋給我吃，我會暈倒的。」她是滿不在乎的老要逗你。

或許我的猜想錯了，既是那麼敢于不避忌的給男老師寫信，就不會是躲躲藏藏的小膽子女孩。

然而這個雀斑很重，色素又太淡的女孩，你在她開朗幽默的世界裏，想像不出一絲屬于灰類的寒色。對于那類色調，她會是防染色的油紙一樣的。

但我迷信着這個女孩。迷信，本就是無理性的，而且沒有任何一種迷信不是半信半疑。

于是我不得不仍然認為這顆寒星，是在令人不安的躲躲藏藏着；至少至少，她沒有樂維君少女時代那樣的敢于擔當，坦坦蕩蕩的準備着讓那位男老師來認識她。

跟着來的第三封信，真是使你無法不感到驚異。這封信寫了將近一年的長信，害我讀到聽見鄰家的雞啼三遍，並且害母親敲了兩次房門催我。

這是一本厚厚的日記。

與其說這裏面是刻意的專對一個人所生的情感在作記載，不如認為根本就是藉着這個作為唯一的渲洩情感的工具。並且處處可見這本日記一直就是專為寫給一個人看的，所以我有理由認為這是一封信，一封日日續寫，日日連載的長信。

跟着它，使我不由得感到好似在讀着五四運動以後曾經時興一時的日記體小說。其實就是半個世紀後的今天，一些不知是懶得結構，還是不懂得結構的小說家，仍然不嫌俗套的沿用這種形式，在編些膩得死人的感情故事。我想，大約這便是中學生們最喜愛的一種表示情感的體式了。

雖然很幼稚，但就一個男性的情感自尊來說，你不得不默認這是你的誇傲和滿足。

有那麼一次，日記上是這樣的寫，她是被母親逼着請假去機場接回國的舅父。所謂被逼着，只因為那天下午有「好不容易盼到的秦老師的課」。于是在去機場的途中，在候機室裏，在和七年不見的舅父言歡之際，她是一直不忘記的不時問着表姐幾點鐘，或者瞪着候機室裏那幾座分別指示格林威治、紐約、台北各地時間的電鐘，一直不住的傻想着：現在秦老師來了，現在級長喊敬禮了，現在秦老師是照着他的老樣子，側一側頭說：「同學們好！」（在另一段日記裏，對于我這個不自覺的毛病，她稱之為「我真相信那是幼稚園教給他的，他自己都不知道……」跟着是很母性的「我真想像不出他讀幼稚園時，穿着圍ㄉㄡ的小模樣——一定很可愛罷……」）那末，秦老師今天要講甚麼呢？世界美術全集的第三十四部，幸虧前天已經傳給華珠了……而伴着這些設想的進展，她是一直不死心的希望仍有時間來得及趕上秦老師的課，哪怕一跑進教室就打下課鐘也好。「秦老師會不會留意我今天怎麼缺席了？會不會以為我病了，問起別的同學？不要問罷，免得同學開玩笑。可是頂好還是問一問……」但是飛機遲遲的，遲遲的，不見蹤影，直到「無情的時光，不再給我機會了，秦老師現在已經走出教室，我永遠永遠失去了那珍貴的一課，我的淚奪眶而出，我恨死排長（她的母親大概是相當的瘦弱罷，在不高興她母親的時候，她總是很惡毒的叫她母親做「老排」「排骨」「排仔」等等），恨死鬼二舅，恨死排仔為甚麼有個在外國的弟弟，恨死她那個弟弟為甚麼早不回來，晚不回來，挑的真是時候！我恨死所有的一切！一切！一切！」

我掩上日記，想着，一個人，像我這樣平凡透了的一個人，自以為縱不是了不起的堂堂正正，但總是無瘡無疤的活着。而你，好像遭到暗算似的，一點也不自知的，說不定在甚麼一個時空裏，你犯了罪過。原以為把老師一言一語都奉做天條的應該是初初啟蒙的孩子。然而在不知不覺中，我却惹得一個這麼大的孩子把她的母親恨死，真是不輕的罪過。

「何止是啟蒙的孩子！七十二大賢，不能不說是高級知識分子罷？還不是口口聲聲的老師說、老師說——子曰這個，子曰那個！」

明知道再和樂維君談這顆寒星是很不智的，可是怎麼能不讓她知道呢？而且我有一個打算要她合作；很好的一個打算，也許我太如意算盤了，自覺很卑劣，完全是在為自己打算——

我跟她商量，替我代一個禮拜的課。「其實等于交換，我替妳代課一週。」這個用意是不必說的。

「為甚麼？」她是一臉的疑問。但是憑她那麼個玲瓏剔透的女孩子，還用問麼？這使我發現，人是抗拒不了虛偽的。純真如樂維君，尚且明知故問。如果說這樣的虛偽，本不礙着甚麼，那不是等于認可虛偽還分等級麼？當然，當你愛着她時，你會寬容她哪怕是更高等級的虛偽。而我分明看得出來，她是一臉的喜悅的疑問，僅這一點，也足夠證實她的純真了罷。

然而在情感上，我是一直愚昧的告誡着自己不要示弱。雖然我知道，母親比我還要急切。我怕已經是堅持成性了；堅持得失去那麼些女孩子，已令母親對我寒心，「你別再問我中不中意，好像很有孝心似的。」樂維君來我們家已經走動得很勤，而母親經過多少次的得而復失，已懂得把希望保留起來了。

我釘我的畫框，我不要答覆那個「為甚麼」。

「我敢說，要是我的話，就是記憶不清，也能判斷出來那是哪一個。」她在那裏重又翻閱起寒星的日記，不知看到哪一段，又想起來說。

隔着畫架，我看了一眼她的腿。

「妳當心蚊子。」我吮着被釘鎚砸痛的拇指。

我怎麼記得？又怎麼判斷得出來？誰有那麼好的記性？某天某堂課，一個學生請假去機場了，我又從來不點名的——作為一個美術老師，在這些事上，你應該很知趣。你那樣的無聊幹嗎？

「至少在作業上，你總能把範圍縮得很小的。」她說。指頭沾着嘴唇，又翻過一頁日記。

「總有一兩個得意門生是罷？」她又說。

「那又何必非要確定是哪個不可呢？」

「你瞧，」她指着日記的某一處。「人家還請你吃過完完整整的一副鴨肫，還是人家母親特意為你滷的，真的！」

我狠狠的一下一下鎚着釘子。讀到那一段時，我也曾費力的想能記憶起來。一次郊遊，附帶的寫生，在烏來風景區，這當然忘不了。可是又是滷蛋，又是燻魚，口香糖，又是三明治等等，大家交換得一塌糊塗，滷鴨肫似乎是有的，查那個日子，已經是七個多月前，一個滷鴨肫總不能叫我銘心鏤骨的緊記一輩子罷……

在故意不開門燈的門簷底下，樓上的燈光，依然照出門簷上久未剪修的九重葛張牙舞爪的爬藤。她又重提起那個「為甚麼」。

「好像你就是……」說着她又猶豫起來。

「好像甚麼？」我緊跟着問。

這應該是緊迫盯人的時機。

她跺一下脚。「我才不要說呢。」

「不肯就算了。其實，一多半是為妳。」

「得了罷。」

「妳心裏有數。」我也有咄咄逼人的時候了。

「你就是用這個方式求婚的是不是？」她把我過早的手捽開。

我想，終是堅持到了最後，我是堅持對了。雖然大約也有十次失敗的經驗了罷。為她那麼率真和誠意，我感到心裏怦然一聲，噴起一天的彩麗的燄火。

「那妳是答應了。」

「就有這樣的傻子嘛，一個人自問自答的！」

「怎麼是傻子！女權提高。」我說。「那我就可以宣佈，下週我要請假一個禮拜，找我的未婚妻替我代課。」

心上不歇的噴放着燄火。每年國家慶典，我們全家總是聚在那邊樓廊上，等着看淡水河上放的燄火。入夜寒氣凌人，那樣的時候，母親總是站一會兒就不見她人了。然後抱滿一懷的夾克毛衣甚麼的，發給每個人披上。

突然我們被罩進燈光裏，好像在舞台上，我們這一對主角被打過來的聚光燈圈在裏面。我們驚惶的推開，可是有甚麼扯着，好叫人着慌，腰帶的扣子不知鉤住她外套甚麼地方，多尷尬！

是誰把那邊走廊上的燈打開的？真不是時候。

母親從後面走出來，試着晾竿上的衣裳，一件件的試過去。急切間，我怕把她的外套扯壞，不知道怎麼會糾纏得這麼牢。真要命。

然而我們很慚愧。在樂維君替我代完了一週課之後，我們接到寒星這孩子充滿了那麼真摯的祝福的信。

兩個人併肩站在書桌前，信是平鋪在檯燈底下，黑大理石鎮紙壓在上面，窗風不時的掀掀信的一角。我們相顧着，偶爾的這麼相顧一眼，忙着逃避似的俯下首去，凝視着面前這麼一封真情感人的信。

兩個人一直的這麼沉默着。

聽見不知有多麼遙遠的火車的汽笛聲，拖得長長的，哀哀的。說不出那是一種甚麼樣的況味。子夜的一種淒絕，使你看到一顆緩緩的流星，曳光耀眼。那光尾是一根被撥響的弦，寒夜，長空，你聆聽到那顫抖，緩緩的，弦的振幅漸瘦了，瘦到消失。

然而那也是一種剎那的永恆，倉卒間畫下那條線，在你向黑夜張開的眼膜上，久久，久久的縫綣不去。

真似俯首認罪一般的，我聽見自己的譴責，聽見身旁她的譴責。顯然我們都太成年了，我們健忘了自己的十三歲。「老師，你好刁！你真才是最懂得美的人，你沒有欺騙我們。你一定要比最用心的人還要用心的愛我們的美的師母。你很像我爸爸，但你一千個一萬個不要像我爸爸的賤！」這個孩子所需要的，實在不算奢侈，只不過需要一個不賤的爸爸。而唯一提到她自己的一小點：「當老師向着美的境界前進的路上，也不要忘記路旁的小花。」這簡直令人不忍起來。

雖然樂維君那位小學同學而今猶是膩友的岳老師，對這麼個一小點企望也不肯寬諒，「甚麼意思嘛！不要忘記路旁的小花，妳不想想那是甚麼意思嘛！」總算樂維君還有一些孩子的心，「沒有我們想的那麼複雜罷。」

「妳該回妳那個要好得要命的閨友——沒有我們想的那麼齷齪。」私底下我跟她說。不用隱瞞的，孩子的眼珠是那麼青灩灩的澄澈，但是隨着年歲的增長，經不住這世界一日日落塵，血絲出現了，翳障厚了，光燦失色了，球面也開始崎嶇，歪扭，看在我們成年人眼裏的塵世，已成甚麼體統了呢？我們所追求的是那麼的龐雜，甚至那麼的猥瑣，不可說。我們還看得到路旁的小花嗎？看到的只是一些變形，或如岳淑貞所看到的，那是一株罌粟。

我向樂維君也坦承了我的變形。

假若不是寒星的孩子起初就用這種單行道的方式——天，我曾愚昧的認為那是她躲躲藏藏的懦怯——假若不是她這樣，那末，我們這一對師生，在形體上互相認識了，那將如何呢？一個十三歲的，被認作正在作怪年齡的小女孩，設若正是你所假定的那個雀斑很重，色素很淡的小女孩，你能不承認那是個十足的迷人精嗎？你能有甚麼可足堅持的？你有把握保持得住當你未遇到交易時你所儲存的道德準備金嗎？

佛拉第彌爾‧納波科夫的《羅麗泰》，在六十年代的中國，也已經並不稀罕了。在所謂的神聖的杏壇上，一樣的也並非不曾發現過。

我不是沒有理由擔憂自己可能潛藏着一種變態；我有比一般孩子多得多的少年時代的女伴，都曾默默的迷戀得要命。是否我已被注定無可奈何的運命和癖好，總是迷惑于那麼大小的小女孩？而那已不是由得你自覺和自制的了。你有甚麼可以憑恃的呢？

或者，這都是否關乎男人本然的就有同時愛着幾個異性的不潔的根性？抑或愛情和情慾在男人的良心上根本就是分居着——一個是左心室的房客，一個是右心室的房客，是否男人生成的就是有紀錄感的性愛搜集者？

就我所知，一個空軍朋友，「妳大約記得，」我提醒樂維君，「在新生社舞會上，我給妳介紹過，那個又黑又壯，眉毛斷了一根的飛行員，飛軍刀的。妳還說過，妳看得出他們倆愛得好深。」可是，經常的是那樣，從舞會出來，把他愛得那麼深的女孩送回家去，然後換上便裝，跑去宿妓。他是有理由的：一個隨時準備戰死或失事的飛行員，不得不在婚前堅持那種荒謬的貞潔。然而我認為——我跟他說過：「你不必找出這個理由來解釋你。你只有一個真理——你是個男人！」真的，不必甚麼婚前婚後，那不必是一道三十八度線。我們的祖宗們很道德的養着三房四妾，我們這一代的經濟狀況普遍都不太好，所以，我們是很道德的嫖妓了。至少，減少人口壓力總是一種新道德，是不是？

「所以我永遠不要跟妳山盟海誓，妳也永遠不需要我用這個來欺騙妳。」我說。

不是這樣的麼？總常見一些神經質的婦人，到處訴苦家裏那個死鬼喪盡良心。問題是在山盟海誓的當時，多半總是真心，僅僅那個誓約不太耐久而已。

接到「路旁小花」這封信的第二天，一捲長得投不進信箱的郵件，從大門上頭丟進來，橫在夾道的黃楊矮籬上，遠看像一截削了皮的甘蔗。

一幅很寫實的速寫人像——樂維君，不說像不像，但是一眼就看出來是樂維君。

「獻給我親愛的師母

寒星寫在初見您的三十分鐘內」

畫的右下角，用六B鉛筆寫着這個，很賴很賴的字，不是她歷次的信上的字體。

畫像的像不像，那是因為畫技的不夠；雖然我曾講過，攝影的分工，那已不再是人像畫的第一要求，但畢竟這是一幅寫實的畫，她也一點不曾作過變形的企圖：單線到底的筆觸，可以看出單憑天分而乏磨練的那種死板與油滑的俗，有市塵味。只是在抓住神韻的這一點上，你不能不認可，起碼這是一個可造之材。

「這是給我的一個答覆。」樂維君眼睇的望着釘在畫板上的這幅速寫像，翹着嘴唇不服氣的說，好像人家不該這麼跟她別甚麼苗頭。

在她替我代課期間，也曾借題發揮過一番，她認為「妳們秦老師着眼在美的培養上，這就教學來說，是無可批評的；不過對于少數可造就的美術天才而言，還是需要從基本上的繪畫技上，加以嚴格的訓練，人不能單靠天賦的一點本錢在那裏揮霍，本錢有耍光的一天……」

「這不是等于向人示威麼？」她仍然覷着那幅畫。「好像說，讓妳看看，我是不是一點繪畫基礎也沒有？你說是不是？」

「妳也別太拂了人家一番心意——對妳那麼愛慕。多純真的情感！」

「得了罷，」她說。「還不是『愛其人者，兼愛屋上之烏』！」

我不說甚麼。為何女人終是女人？心裏，我告訴自己，你將開始——在你們所謂的定情之後，你將一點點的和這種愛情的現實接觸了。

「你在想甚麼？」人是伏到你的背上，隨意的把重量壓下來。

瞧，連你的思想都要查問了。

「我想我多愛妳。」

想必從亞當開始，就是這樣的罷。

燙髮水的氣味，強烈的侵襲着人；一種苦澀的，或者慾熱的，隨着情緒而兩可的氣味，我是漸漸的熟習着這些了。從第一個吻遠非你所期求太久的那麼甜美，你便已經向現實觸近了一層。也許並非初吻本身的無味，而是就此解除了一層神祕的紗。會的；然而真的會是那樣嗎——終有一天，不問是朝，是夕，一層層的紗從你貪求的手上脫落，每一層紗都無以使你饜足，一層一層悵惘，你是一手扯去層層的神祕，一手攫住了赤條條的現實。你是獲得最實在不過的形體了，你是以為你獲得了，你的感覺却又不是這樣；你失去的多得不可勝數。那末，你再執迷的去尋求另一個莎樂美去罷，好像你還不服輸于這種宿命似的。

但我祈禱着，我願事實上我是迷亂在過早的敏感裏。

記得當我曾為樂維君畫像時，才在極不順心的苦況裏發現我自己的愚拙，以及失望于樂維君美得過分的標準。那是一種民主方式的美，每一個有目可睹的人都可以投票給她的那種所謂雅俗共賞的大眾美。她沒有她自己的美。

以至，你抓握不住她的任何一個部分的特點，除非那兩顆大得稚氣的門牙，和躲在尖尖的唇角裏面不在放心的笑起來時便不會露出來的俏皮的小小的犬齒。

由是而令我理解到寒星這孩子可驚人的深奧——

她是那樣的堅持着——

而我是被一種愚昧所綑縛，却並不自覺。仍然，我是執迷的假定着寒星的形象，棕黃的頭髮，雀斑很重，色素却太淡的那麼一個女孩。我是連那一束七枝箭鏃、飛揚着火燄繞作一個大致圓的紅環，以及二郎神式的眼睛的那麼幾個所謂的符號，也熔不進我刀槍不入的生命裏。

而我管束不了我自己不作一種嘶喊；在摟緊得不能再近的樂維君面前，作為一種旁白的呼喚：
啊，我的寒星！
我的羅麗泰！
我的莎樂美！

羅元

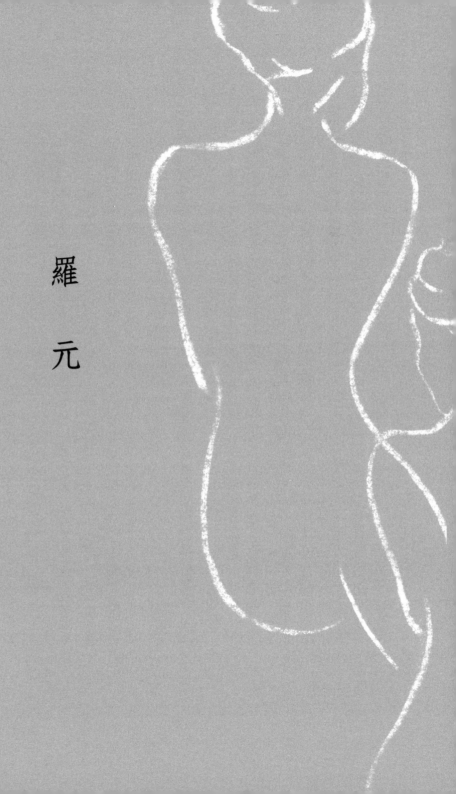

就有這麼巧，剛轉過街角，正好有輛巴士停站。不過沒有來得及高興，看上去已很危急；最後一個上車的女人，有一隻脚已經踏上去。趕不上了，我跟自己說。儘管穿那種裏像粽子一般緊的裙子，窄得只有側着身，向後彎起一隻小腿，才勾得上車，畢竟費時仍然有限，仍然是間不容髮的那一瞬，車子卜卜卜卜的響起半條街，故意對你使壞的開走了。

所以你如果修養不好的話，你會衝口罵出來。

當然，撒開腿來猛跑，甚至追着大叫，不是辦不到的事，你有的是腿和聲帶，可能還趕得上。不是只差那——至多四五秒麼？其實算了，也沒有甚麼。只不過因此而必須再等二十分鐘，總覺得是無處可以申訴的冤枉，能使人鬱鬱寡歡的老半天。如果不是眼睜睜的看着它絕塵而去，也不會這樣子想不開。

瘟瘟的走着，心中還在想，方才，假若跟劉哲少拉扯兩句閒話，也會趕上這班巴士了。言多必失——其實計較這麼小的事作甚麼呢？你為甚麼不追着叫着跑上去？你不是不能。怪不得納粹德國那個時代，軍官除掉作戰，一概不許跑步，那是有道理的。對于非常愛戲劇化的裝模作樣的納粹黨人來說，的確，撒起腿來跑，那確是有損于矜持的尊嚴。連你這麼隨便的人，領帶都不打的，都似乎寧可失掉早二十分鐘回到家裏的機會，也不要亂步，不是麼？

那末，令人厭倦的習慣，而雖然厭倦，還是信步走進了古玩店裏，轉轉，閒散而乏興致的看看那些當初也不過等于現在的咖啡壺、泡菜罎之類的瓶瓶罐罐，一面正經的等你的車。

「秦先生，老沒見了。」手臂短得不成比例的老闆太太，躲藏似的匿在賬櫃後面。甚麼老沒見了，及時搭上車，就不會讓妳見到。

玻璃櫃那裏，有個穿戴得好刺眼的女郎，背向着外面，不知正在那裏鑑賞甚麼古董。

「要不要看看，秦先生，打日本來的一批拓碑，很少見的。」

「唔，新到的？」我順口應着。廢話。

你會覺得，這個好脾氣的老闆太太不斷發胖的因素，與她的過分和氣很有關係。她匆匆的踱過來，走向玻璃櫃檯。她匆忙的時候，手臂顯得更短——或者這是顛倒了；可能是由于手臂太短，而一行動起來，才叫人感到她總是那麼匆忙，很辛苦的樣子。

打扮太入時的那個女郎——你會覺得稱她女人、女子、女性、女孩……似乎都不恰當——兩肘支在玻璃櫃檯上，捧着一本甚麼在看。我順便瞥了她的背影一眼。我是順便瞥一眼的，為她的服裝緣故；一些也沒有故作正經的意思。你知道，一個女人，只要體形沒有顯着的缺陷，包括臃腫和老態在內，背影總是很迷人的。不過，你如若懂得事理或知趣，或者對女人仁慈一些，你頂好到此為止，不要再去設法看她的面孔；這樣，你才會保有你的不至失望的美感。

玻璃櫃檯裏面，上下三層都陳列着老闆太太所說的那些一看就知道是東洋貨的拓本，精緻，考究，但是總覺得不很大派和蒼古。

不好拂老闆太太的美意，雖感索然，我還是躬下腰去，隔着玻璃，敷衍的看看。沒有甚麼，唐褚遂良的雁塔聖教序碑，漢瓦當文集，刻石八種等等。再過去，接近女郎穿着黑長襪的一雙高腿前面則是甲骨文集，遠至殷商，有秦泰山瑯琊台刻石，北宋拓本。我是沒有用心看的——或者不如說，我是不曾去感覺它們，所以毫無想像可言。但我約略的注意了一下，女郎的短裙，大約是剛剛流行的皮質的料子，令人想到馬鞍。裙襬是就着整料子下來，剪成細穗，似乎摹倣美國西部拓荒時代那種皮質牛仔裝的式樣——袖縫和袴縫都另外留出很東方味的瀏海穗子。至于那一隻由于裙子奇短而看來長得離譜的長腿，所着的黑襪，也是第一次見識到；黑中隱現出圖案，簡直可以說那是香芸紗的質料。

「來呀，秦先生，」老闆太太已經好心的從背後玻璃橱裏，取出兩套涵匣，「我幫你打開來看看。」她說，笨笨的摳着涵匣上的骨籤，手指頭胖像鮮烏賊，好像連彎都彎不得。

說來不大好意思，沒照顧過她甚麼生意。總是等車的時候才進來轉轉，而且是乾轉的時候多。能夠不假思索就記得起來的，總共只買過她店裏兩次小玩意；一次是生銅的仙鶴香爐，樣子不俗。另一次是一對鐫錫的燭台，有很濃烈的老家那麼點兒土味，果然母親見了高興得了不得。僅僅就照顧過那麼兩次，不多見但也不大值錢，只是瞧着可愛的小玩意而已。

而那個衣着入時的女郎，依然專注在手裏的一本甚麼拓本上。留着埃及豔后式的齊眼瀏海，披肩的褐色直髮，把你從這邊應該看得到的側臉，盡都遮住。那種赭石髮色，中國人叫它做黃頭髮。

好不調和，在古玩店裏，這麼一個女郎。你會聯想到這是甚麼古怪的探案中的一幕，尤其當你發現到她正在入神看着的那一頁，上面一片片不規則的黑塊，分明那是古老原始的甲骨文，真是突兀。我翻閱着手底下的周代石鼓文，不禁把眼瞳轉到眼角裏，偷偷的瞟過去，一面避免被老闆太太發現我是這樣色迷迷的沒有文化。

我總還不至于貪婪到見了女人就盯住不放的地步。而我只是感到惹眼，有一種幼稚得可笑的幻想，她哪裏看得懂那些老古董，還不是哪個黑幫裏派遣來的人物，要在裏面尋找寶藏之類的圖記，或者走私集團窩藏寶物的甚麼祕密記號等等。那末，我便該是追蹤而來的警探或者私家偵探甚麼的了。

所以儘管你有多瞧不起電視裏泛濫的那些低劣的短片，然而你看罷，你一樣的是被電視訓練得精神生活是這樣的退化和貧寒。

然後，我感到這個女郎在注意我。她在問一直守候着她的男店員，書上的日幣定價，怎樣折合台幣。但是她是在望着這邊，那是很顯然的；從視覺的餘光裏，我察覺得出一團白白的，她的臉龐分明在轉向着我。

這豈不是照着我那些無稽的亂想來了？我的追蹤監視被她發現了？——你這個大男人！看來也是很有些深度，也是很成熟的，居然這麼幼稚，真是笑話。手底下，不禁心虛的連連翻過兩頁，並且側一側頭，裝作要瞭解甚麼的樣子。

「秦老師，是您呀！」貿然的一聲，正在我如此裝模作樣的這一刻裏，女郎走過來，好親熱的一下子抓住我的手臂。

我還裝得下去麼？

我實在認不得她，連有些面熟的感覺也沒有。當然，並不足奇，無論如何，總是桃李滿天下，哪裏記得那麼些。而她，一副妖形怪狀的濃豔，只管入時而缺乏性格的化粧，當然更使人茫然。那是櫥窗裏的陳設，她所給你的第一眼印象是這樣。你的世界裏，沒有過這一型的女人。

然而我得裝作還很記得她這麼一個弟子。這在我，並不稀罕，經常貿然的來一聲

「老師！」好像被人點穴了一下，總要愣睜半晌，即使記得，也常常叫不出口。美術老師的悲哀。

「不記得我了罷？」她說。大約我的演技很低劣，被她識破。而她的笑，幾乎是屬于阿姨輩的那種調侃；你小的時候，她抱過你在她手上，如今你不認識她了。記不記得，當然也不是罪過。你只有回笑得慈祥一些，爭回你長輩的優勢。你不必爭辯甚麼。

「喜歡這些老古董？」我問。

「後天是我爸爸生日。他喜歡這些。」

我是無可無不可的笑笑。「孝女！」我說，示意她繼續去討論價錢。車子該來了罷。我隨便的步到店門口，衝着來車的方向望。站牌一旁的人口在增加中。縱看過去，街廊的柱子一路重疊、成為一面實牆，看不到車子來了沒有。

「老師還是住在老地方？」她走過來，整理着提包，同她上身一個色調的朱紅。咔的關上，大約剛付過錢罷。

雖然她連我的住處都知道，但我可以斷定決不是我的畫室收的學生。數得出的那幾個大人兒，怎樣都不會不記得的。

「好像這兩年，研習會都沒有美術組了是不是？」

她問起這個來。不用說，是要幫助我弄清楚她是在哪裏做過我的學生。倒是很解人呢。

「好像是罷。」我沒有過問過這樣的事。因為像我們這一類的藝術工作者，作品尚未被必須保守一些才覺得穩妥的教育家們所接受——至少尚未被認可為正統。所以請不請你去，或者讓不讓你去和孩子們接觸，這是人家作主的事，你沒有必要去操那個心；事實上你也操不上心。

那就無怪我不記得她了。僅僅的一次，四年了。那年在美術組，我有四個小時的課。那麼短的時間裏，我能給孩子們甚麼呢？狂熱，我自然是有的；恨不能像裝糧食的口袋，整個翻過來，盡我裏面所有，盡皆翻出來，一無保留的讓孩子們愛取多少，就取多少。然而那是不可能的事；起碼你該讓他們來得及吞嚥，來得及消化，即使有反芻的能力，而一次的容量，等不得吸收和排洩，仍然是極其有限的。

「那還甚麼老師！」我自嘲着說。

我側臉過來，看着和我並排站在店門口的她。挺高的鼻梁，線條美極。假睫毛濃濃的翹上去。東方人鹽分食用的太多，睫毛一向不發達，所以看來假得像戲劇裏的面具，彷彿你跟她是站在舞台上。

「那——老師總是老師嘛。還有一字之師哪。」

「這種名分，得來未免太容易。我笑它是露水師生。」

突的她笑起來。有這麼好笑嗎？她笑着接過店員給她包裝好了的老古董。

因為未能預見，巴士猛然的開到面前，好莽撞。

「老師要趕這班車罷？」她問我。

看着上車和下車的人，虬結在車門口。車裏塞得沒有一點空隙可以讓你從這邊車窗看透到那邊車窗。我原是木然的冷眼瞧着。心想，如果最後塞不進我這個人，不如開始就裝做跟這班車毫無干係。然而這個人的眼睛這麼尖，還是被她看出來。

「改天我來看老師好了。」她說，移動脚步，似乎這就要我必須接受她陪着我，送我上車。那末，你不上車，你還要幹嗎？

回到家裏，同樂維君談起這麼一個女弟子。

從我口裏談到女人而能道出穿的甚麼衣着，樂維君說這是頭一回聽到。她曾取笑過我，說我在外邊遇到相識或不相識的女人，跟她閒話起來時，每次她問：「穿甚麼衣服？」我總是一向都交白卷。

「只有妳們女人看女人，才專門衣冠取人。」

「好像很不道德是罷？」

曾有過很深的印象，記不得甚麼一本外國畫報，大約是照相器材的廣告，一大幅彩色照片，教堂門前的高石階上，兩對行過婚禮的新娘和新郎，帶着近乎表演的幸福笑容步下石階。前面的一對回顧着後面的一對，趣味便在他們各有不同的着眼上；很明顯的看得出來，兩個新郎的視線，落在對方新娘的面孔上，但兩個盛裝的新娘則用那種品評的目光，專注于對方的披紗禮服，那是很微妙的一種表情。想想看罷，那正是除了自己所愛的伴侶而目中無人的熱醉的時刻，男人和女人的心理差異，尚且表現得尖刻如此，遑論未婚和婚配已久的男人和女人！

「不過，不道德的恐怕還是男人。」我承認男人那種色迷迷的天性。

也許她這人敏感到話音裏的嘲弄意味，誤認為是衝着她來的，或是衝着以她為代表的女人們來的，賞給了我一個冷眼，「沒有好話！」不過，冷眼而透出輕淡的一媚，那是她婚後這麼多年來，一點也不曾減色的唯一的迷人之處。不消說的，她是願聞其詳，才用這種神情鼓勵你。

「很簡單，男人要欣賞的，是衣服裏面的；所以……」

「就知道你沒有好話。」

「謊話才是好話？是罷？女為悅己者容，有道理嗎？鬼話！有幾個女人肯讓丈夫選料子，選花色，肯照丈夫的愛好打扮？」

她還不了口，只有皺皺鼻子的分兒。「也許，」她停下畫筆說：「多了一個字；女為悅己容，那就對了，愛美嘛，是不是？」

然而我覺得女人最愚蠢的一點，莫過于濃妝豔服。脂粉衣着把妳這個人蒙進裏頭去，妳打算給男人甚麼看呢？

兩個人談起我這個女高足，我不能不說，她是個罕見的尤物，但是居然使從不以妝扮取人的男人，注意到了，並且記住了她的妝扮，這就是她的悲哀了。假睫毛、墨描的雙眼皮和黑眼圈兒、似獵裝又似女騎師裝的朱紅外套、皮短裙——那真是短得坐不下來的一種驚險——使人想到香芸紗料子的長筒黑花襪，種種這些妖模怪樣的妝扮，真的是把她那個人——那麼可惋惜的年輕——本應有的女人的一切，美與性與魅力等等，盡皆作踐了。

「暴殄天物！」我是誠心的嘆惜，並且作為結論。

「不過，」她畫了一陣，我已經把毛毛放到小牀上按住一對眼皮，安排睡着了（我們總是這樣叫孩子睡覺的，最多不會超出三分鐘），重回畫室裏來，她又想起來說：「我總覺得，所謂性感，不應該侷限于純肉體；而且不如說，內在的性感更重要。」

「怎麼講？」我沒有怎麼專注的應聲着。

「內在的性感，是不是就是魅力？」

有這麼一說麼？我思索着，有些茫然，從來沒有注意過這個，覺得很費解。

「是不是太概念了——妳這麼說？」

「魅力是一種內涵，你認不認為？」她問，索性把手上畫具放下，坐過來，舒展了一下肢體。

「休息罷。」我說。

她沉默了片刻，看着脫下手套的手，指頭伸屈了好一會兒。

「恐怕還是要有適當的外型。」我說。「如果一個人，瞧着就面目可憎，還有鬼的魅力！」

「不然；內涵絕對可以美容外型。真正有魅力的女人，大都不怎麼漂亮；漂亮的女人，不一定個個都有魅力。」

「好像妳有不少的事實根據。」

「我注意過。」她打起呵欠。「當然有不少的事例。」

「存疑。」我說。對于她這番高論，我給我自己下了結論。

「猜到又是你的老毛病，說不過人，就這樣逃開。」

我想着今天遇見的那個作怪的女孩子，想判斷她有否魅力。

「我當然也有存疑的根據；」想着那個女孩子，我却說：「眼前就是個事例，妳沒有魅力？」

她應該很舒服，聽了這樣的恭維。

「少挖苦人家罷。」但是她賴到你懷裏，掩飾不住的豐富的滿足。

也許做妻子的寧可不要魅力。做妻子的總是敏感着你對她是否還年輕貌美所作的讚賞。然而做丈夫的偏又難得生出那種虛情假意；明明丈夫的眼裏，心裏，盡都是那些比妳年輕貌美的女人。

而樂維君，姿容絕對不減當年；她們老同學碰在一起，高興的打着叫着「討厭！討厭！……」雖仍那麼年輕的嬉鬧着，畢竟已都是一臉的婦人相了；不是乾瘦憔悴，便是臃腫癡肥，然而沒有一個不說樂維君一點沒變。的確是；她是擔得起讚賞的，決不至疑心你有挖苦的意思。可是問題不在這裏；男人才真是水性楊花，沒有一個例外，那種永遠不能饜足的慾望，貪得近乎下賤。男人始終是執迷于家花沒有野花香；而且問題還不在香不香、美不美，而在野不野。

「魅力總是隨着結婚消失的，」她說，「也許所謂結婚是戀愛的墳墓，就是這個意思。人恐怕在自己的妻子身上已經找不到魅力了。」

她仰着臉枕在你的腿上，用那種深情注視着你。「而且也無意于此了，是不是？」她又說。

對她這樣的用情，你會不由然的有種淒涼之感；她是那樣的明知隨着婚姻生活日久，單獨屬于你們倆共有的那些，在你這一方已在日見失敗，而她仍然這麼耐久的深情于你。也是一種執迷不悟罷。

如果你是個聰明的男人，你就不必不智的否認。兩個人這樣的對視着，我感得到，我相信，兩個人都從對方的眼神裏看到了同一個意思。假使讓我們同時說出口來，把我們此刻所想的甚麼說出來，我敢打賭，兩個人一定同時出口：「男兒志在四方。」一個自嘲，一個譏諷。

常時會這樣，同一瞬間，搶着說出同一樣的話來，那是很妙的事。兩個人把這種一再一再的巧合，近乎迷信的認作美滿婚姻的情境之一，可以用來解釋何謂天作之合，何謂心心相印，等等。為此，我們曾自詡她是上帝為我訂做的女人，我是上帝為她訂做的男人，恐怕沒有比我們倆更般配的夫妻了。然而啊，如此良緣，依然饜足不了男人根性裏的貪求。你照樣把她充當林安娜或者誰，在性愛着的那一刻裏，緊緊的抱她一個滿懷。一種手淫式的自欺和滿足。

然而她所說的那些，意義未必完整；人在自己妻子的身上找尋不到魅力，可能會是一種真相，但却並非就是丈夫出牆的因素，至少不是主因。

「可是起碼你得承認，魅力跟神祕有關。」她反駁說。「情人跟情婦那裏，神祕的成分就大得多，是罷？」

對于這種不管怎麼說，總是出于「正室」的主觀之見，多少總叫人未盡同意。不過對魅力的意會，兩個人仍該是一致的；在我們看來，一個有魅力的女人，不一定就很美，但她總是那麼敏銳的了解着你的苦與樂，你的所思，所需，迅速的鍥入你，和你相共你的世界。但你未必懂得她，也未必靠着努力就可輕易進入她的那個世界。

而不知何故，從那天起，我的那個露水學生，不斷的老是在我的世界裏盤旋。無端的，我感覺着她的魅力。

確實是，不是思念，也說不上甚麼迷惑，但總好像她那個人，有許多的甚麼，要你去理解，而你完全不知道甚麼，只是由不得你的老被她恍惚着。

這天她來我家。門鈴響過以後，我是聽得那麼清晰，「我是羅元，秦老師的學生。」她一進門，就跟樂維君這麼說。

就因為那天在古玩店的巧遇，我們有好多次不知為甚麼提到她，但是連我自己也不知道她叫甚麼。該說是樂維君的眼睛厲害呢，還是我把她那個人用語言素描給樂維君，素描得很傳神；總而言之，樂維君不假辨識的，只一眼就把「羅元」這個名子和我描寫的那個妖冶的女郎化為一體。雖然她的妝扮完全改變了。

真可說是所謂的洗盡鉛華；她除了淡淡的描黑着一圈眼線，找不出一星兒脂粉。若不是幾天前有過那一面，你會毫不遲疑的認為，本然的，她就是這副面目；一直都是。

而且重見之下，雖則她曾是那樣的濃妝過，但已依稀想像不出了那副模樣——那個人被擦掉了。

她穿的只是白燈草絨的夾克，家常的黑布短裙，白長襪，黑平底太空鞋。這樣的裝束，從上到下，幾乎是刻意的要一黑一白的相間着，給人一種沉壓而冷然的感覺。好像這個人，是從黑白電視機裏剛剛走出來的。而電視又沒有照着檢驗圖調整，黑白度過于強烈，非黑即白，灰的層次，全都沒有了。

全然，你得承認，這種妝扮雖然夠得上素淨，淡雅，却仍舊是惹眼得很。

「倒的確是；」我說：「黑白片是比彩色片有深度些。」

她是顯得那麼羞怯，很淑女的坐直身體，併攏一雙修長的腿，委屈的微微側斜着。對你說的這話，好像數落了她的過失似的，窘着，綻出一絲笑意。

「好不禮貌，」她埋怨着自己說。「不過我看老師跟師母都不太注重衣着，所以我也就很隨便了。」

「才不要那樣呢；越隨便越好。」樂維君張羅着，問她要果汁還是咖啡。「妳只看我們家這麼個亂法兒，不要見笑就好了。」

要不是回想了一下，我倒記不得樂維君曾經陪伴我去過一趟研習會。她提起樂維君也是不重衣着，直感上，居然我覺得她是信口說說，沒有根據。

那天，彼此都談得很融洽，愉快，她的拘謹很快的就為樂維君特有的那種待客的率真所解除。而一個第一次登門的女客，能夠跟主婦聊進廚房裏，幫着炒一兩鏟菜，關一下煤氣，那是太夠親切了。

「你猜怎麼樣？」送走羅元，樂維君忙着說：「我猜她就是ＷＹ。」

「怎麼會！」這是從哪裏說起呢！

樂維君是和很多的女人一樣，常用猜想來判斷事物；而且一經有了猜想，就當真起來。

「ＷＹ不是叫羅皖沅嗎？」

「妳真會聯想。」

ＷＹ是江樵他們畫會裏的一個會員，是個人物；沒看過她的畫，也沒見過她人，但是幾近聲名狼藉的閒話，我們風聞過不少。

「怎麼可能？」我譏笑的說：「除掉都是姓羅，妳還能找出甚麼根據？」

「有根據的話，就不用猜了。」

而真正使我納罕的倒是像她這麼惹眼的人物，居然上我四個小時的課，我會一點印象也沒有。

「她已經是敦煌畫會會員，會去參加研習會嗎？」

「那她也不過是這兩年才出頭出角。怎麼不會呢?」

我還是不解,為甚麼我會毫無印象。

「妳猜她是WY,倒不如我猜的更可能一些。」

「你也猜起來了?」

「還不是受到妳傳染!」我說。

她放下挖着耳朵的火柴桿,好得意的笑起來。

「那你猜她是誰?」

「長大了的周南南。」我自知很荒謬,但是她的髮色面型,和眉宇之間隱約的那點兒自負,使我想起周南南。

「我說的不錯罷?」

她是不懷好意的笑笑。

我知道她的鬼心眼兒;唇角上挑起的那抹譏誚,和我每次無意中提到寒星或林安娜,都是同一樣的反應,「我說的不錯罷?——還沒有忘情!」下面不說出來,總不外是這個意思。一個女人,對于丈夫的這筆賬,永遠是分釐毫絲都不會漏掉的。但是她挖苦你時,總是當作玩笑,你能那麼沒有幽默感的認真起來麼?你也沒有甚麼好挖苦她的;你是前科纍纍,而她甚麼也沒有,即使婚前,即使跟你結識之前,也沒有任何落在你手裏可供你取笑的把柄。唯一的「阿里山之夜」，可以使她臉紅的羞恥紀錄，也被你自供的「婚外閹者」所抵銷了，你還有甚麼回馬槍可回呢？你的前科，使你脆弱無比，總是不堪一擊的經不住她這麼一句玩笑。

仍然，你得承認她的所謂直覺實在太厲害，在我和郭頌他們舉辦第三次五人聯合畫展時，便證實了樂維君的猜想——羅元，正就是傳聞中有奪夫癖的ＷＹ。真是夠妙的。

畫展，羅元跑來參觀，並不算突然。那次她來我家，就已經知道我們正在準備聯展，並且說了幾次，她一定要來看畫。

對于某一些祕辛，被大家戲呼做情報販子的小傅，總是有他的獨家報導。「你怎麼給ＷＹ沾上了？」他說。羅元進來的時候，我正陪着樂維君的一位老師。只好跟她說：「我不招呼妳嘍。」

「不要緊的，我自己看看。」羅元顯得很溫柔，很得體的樣子。

樂維君的老師一走，小傅就來不及的跟我說了那樣的話。

「你穩重一點。那是我的弟子。」我警告說。

「好啊，這麼一位高足——你算是教導有方。」

儘管閒話由他說去，但我的心裏總是被輕輕的撞了一下。

過去有關ＷＹ的風聞，只留存一些殘缺模糊的印象，幾乎可以說，只成了概念而已；有那麼一個到處惹火的女孩，如何如何，跟誰怎樣，又跟誰怎樣，現在回想起來，那些個誰呀誰呀的，竟然一個我也記不得。大概是些甚麼詩人罷，作曲家罷，可見我並不太有興趣關心人家那些長短；很可能的，當初一點兒也不曾用心聽過，以至才這麼樣的近乎「書到用時方恨少」的遺憾。很滑稽的追悔。

我不由得想到，他們把羅元取名ＷＹ，着實是太尖刻了一些，使我有一種要為她辯護的衝動和不平。就他們對這兩個西方的字母所賦予的造型意義而言，不可說不是一絕；然而不嫌太直爽？太東方式的性趣味了嗎？而且——遠望過去，她是那樣凝神的仰視着小傳的一幅畫，一隻手指彎曲着，抵在尖尖的下巴底下，照明的亮光反射下來，她迎着那溫和的光線，側臉的輪廓從瀏海之下，是那麼柔和，美好，而幾乎是聖潔的曲線——她是一個純肉體派的女人麼？那Ｗ乳房根本就是贋品，可以斷言她不是那種海拔高而智商相對的低的女性。

隱隱的，我替她叫屈，或許根本沒有人了解她。我憎恨起來，對于發明ＷＹ，可能引為得意的把這個名號冠給羅元的那個王八蛋的誰。

我走過去，走到她身旁，她才發覺。

「給些意見罷。」我說。

她望着壁上的畫。看得出來，她不是在欣賞，臉龐上有一抹不知所以的紅暈泛上來，她是在思索該怎麼說出她的意見麼？她所面對着的是郭頌的一幅〈天問〉水墨畫。良久，她斜斜的仰過臉來看着我，羞澀的笑笑。「學都來不及哪。」她是那樣的現出些微的難堪。她在盡力收斂她的羞笑，却仍然把兩片小小的嘴唇繃得好緊，繃得要破了的樣子。

也許她就是靠着這種迷人的羞態去蠱惑人的……。

但我立刻把這個侮辱人的猜疑給拂開。

「不過我可以感覺到——不知對不對，」她避過眼睛去，彷彿要躲開你可能的責備。「——你們——雖然郭先生是取材太空景象，可是你們都有一個共同的特色，都是……」她略事遲疑一下，似乎用好大的勇氣，才說出口，「都是很中國的。」

我品味着她的話，沒有作聲。

「那我的意思是……很中國的，並不是很國畫的。」好像為她不夠達意的措詞而致歉似的，她又那樣羞澀的笑了笑。

好一口細小的牙齒。

「我懂得妳的意思。我懂得……。」

「我是亂說。」

「不，妳的感受很犀利。」我一點謊意也沒有。

「我對于水墨畫，根本就不懂。不過，我能感到，郭先生的運筆，是第一流的大手。」

「對的，他的水墨，基礎相當紮實。」

我們向左靠過去。仍是郭頌的作品，〈人的坐標之一〉，從這一幅開始，直到〈之二十〉，這是一系列的表現着人類進入登月時代之後，人在宇宙中的地位。她是默默的一幅幅欣賞過去，一面靜聽我述說關于我們五個畫友的雄心壯志。我們並不苟同偏狹的國粹主義，但是我們一定要把中國朝前推動，擴張。繼承是必須的，畢卡索也不例外。我們比畢卡索所繼承的還要厚重，古遠，豐盛。不過繼承過來，並不是享有。沒有出息的子孫，才會死守祖產，拿祖宗的光榮裝點門面。如果說復興就是復古，漢蘇創五言詩就是叛逆了，哪裏還有唐詩！今天中國還存在着「國畫」其名，還在炒石濤八大的冷飯，作為這一代的中國畫家，對歷史怎麼交代？

「傳統的中國畫，到白石老人，已經有了很光榮的一個總結；可以罷手了。如果再不求變，那就太恥辱。我們這一代也許只是過渡，出不來一個偉大的畫家，那沒有關係，有開始就好。總有一天罷——漢唐的輝煌算不了甚麼，明清的恥辱也算不了甚麼。年年進貢，歲歲來朝的藩疆，也不過只是幾個小小的鄰國而已。我們要怎麼樣？要稱霸世界的——用我們後代創造的文化，不是從箱底子源源本本翻出來的老祖宗的文化……」

用低低的聲調，同羅元款款的談着這些，至少是會沖淡一些火爆的氣味罷；而且至少還不至于給人感到一種流于義和團式的愛國主義者那種符咒的氣味罷。

當然，她所表現的，那麼嚴肅而用心的傾聽，對我，乃是使人越發狂熱的一種刺激和鼓勵。

關于她從小傳、劉哲、我、和希禮我們這幾個人作品裏，發現到從中國建築、符、八卦、麻將牌、刺繡、平劇臉譜等種種之中蛻變而出的新體，縱使不一定就是我們創作時的有意識表現，總也算使她有所感悟。而分外令人重視的，還是她對郭頌〈人的坐標〉的見解。在她看來，從作品的之一，到之二十，運筆的功力和技巧，自然不用說，無疵可求——她已讚揚過，那是第一流的大手——但在構圖上，她以為，似乎欠缺一些甚麼，譬如變化；在太空的吊懸感上，也就是說，對于地球人的空間觀念的變易，還需要一種超習慣的跳脫。如果一律把襯托在球體之下的大弧，分別安排在上方、左方、右方，或任何一個方角，作多方位的變換，那末，可能使這一系列的二十幅畫，更加迫人，撞動人，而更完整一些。

「我好愛亂說。郭先生自然會有他自己的創作意圖；起碼可以說，在統一中尋求這麼繁複的變化，也是很艱鉅的工程。我真不該這樣亂說一氣。」

她為她的所謂亂說，很羞歉的陪笑着。

「很有見地，」我說。「我會跟郭頌談談妳這些看法的。」

「快不要。太放肆了，我真不應該這麼大放厥詞。」

長到遮去雙眉的瀏海，那底下躲藏着狡黠的眼睛。彷彿她是有所自知的，眨着雙得很深的雙眼皮，盡力掩飾她那點狡黠。雙眼皮多少是給人一些惇厚的感覺，也許她很懂得那個作用。

為我的一幅〈一個世界的誕生〉，她像懷有某些含意的一再回頭看看我，再看看畫，看得很深很深。彷彿那是我的自畫像，要對照着看看畫的是不是。

那是一幅黑白油畫，在她那次去我家之後畫的。也許是她兩番迥異的裝束觸動了我甚麼感受。同時我自己也不清楚，在兩可之間，我是希望還是不希望她就是那個WY。

「好高興，老師，我能僥倖的闖進你的藝術世界裏。」

她是如此的肯定。她的欣喜，無可置疑的，看起來是由衷的那麼真誠。事實上，憑她的聰明，和她上次去我家的種種情形，她是應該極易領悟得出我的創作意圖的。然而也很難怪，這樣自我意識太強烈的女孩子，在自覺上必然是不夠清醒的。在我來說，本沒有必要跟她提示甚麼，有一天，她自己參悟了，豈不對她影響更深遠一些！

也許是極慾表現的一種幼稚心理罷，「好不好反過來說呢？」我還是給了她暗示。

她沉吟了一會兒，「我懂得，」她頷首說：「我要思索的，就是為着這個——我的另一個世界的誕生。」

對她這樣敏捷的悟力，你不能不另眼相看。反而我覺得，方才給她的暗示，簡直是我多事。

然後，我約略的談了這幅黑白油畫，在我創作過程中的一些意識；例如在色彩的情感上，我用了純中國人的情感。「也就是妳所說的——妳所看出來的，平劇臉譜的意味。譬如，黑色，象徵正直、坦率、剛強；白色象徵奸惡、陰險、詭詐等等。」

她是顯示出她那令人好感的德性，愛聽、善于聽，和懂得聽人家講話，而且使你深深的感到你的被激賞，被了解，被知音着。

看完整個展出的作品，她說：「那麼多的畫展，從來我都沒有像今天得到的這麼多。」

當然，這樣的喝彩，太悅耳了。再清明，再忍得住寂寞的藝術家，也不免明知是虛偽的恭維，仍會一樣的得到滿足。況且她是這樣的誠懇而得體，還有她那微妙的神態，在在使你感到你是十分應該得到這樣的喝彩。你是無由把它視作虛套的酬對的。

陪她出來。小傅跟她彼此都招呼了一下，兩個人都是不很明顯的交換了一點眼神的意思；那是看得出來的，彼此都知道誰是誰，然而並沒有過正式的認識。不招呼顯得裝伴，招呼又不宜當，近乎尷尬罷。

「老師你還是回去罷。」

下着樓梯，她停下來說。聲量超乎需要的高了一些，這我敏感得到。

「我沒事了。」我說。「一起吃飯去。」我看看錶，我也正打算去吃午飯。

「不大好罷，要破費你……」

「反正我也趕不回家，一起好了。」

附近就有一家江浙口味的金羽餐廳，我跟她說，請她小吃，這家鱔糊跟餚肉，都做得很地道。但她使你無法爭執的吩咐了侍役，她只要一碗雪筍麵，然後轉過來問我要甚麼。

「我有些餓了，」她看了一周趕着午飯時間客滿的情形。「這樣可以快一些叫來。」

「妳很周到。」我取笑她。

「才不呢。我對甚麼都不懂。」

她不抽菸，我自己點了一枝。

「妳是不是叫羅晥沅，從前？」談了一會兒別的，我憋不住要問她。

「老師記起來了？」

好，ＷＹ，毫無疑問，這個鬼精靈的樂維君！她又好誇口了。

「我還沒有這樣好的記性。傅杰說他認識妳。」我的話含有某些成分的假。

「大約是在哪個畫展上見過。」

「照妳這個名子看來，倒有些叫人迷糊；是生在安徽？還是湖南？」

她是羞羞的笑笑，好像為她這麼語焉不詳的名子而不好意思起來。

「差不多就是這樣，」這才她揚起臉來，從那排長長的瀏海底下看着你說：「母親是在安徽有的我；大約生活不安定，不能夠確定在哪兒受的孕，就取了皖字。」

她笑了，努力的想要閉緊嘴唇，但沒有能夠，終還是微露出一些精緻的小牙齒。她那樣子，好像在取笑另一個誰，又覺得不太應該似的。

「我也不十分知道。」她補充的說。

「當然妳不會知道。」

我是無心的。完全是無心。可是說出口，立刻就覺得不妥當。

「那妳是生在湖南沅陵？」我連忙問，要把這話當作橡皮擦，把剛才的擦掉。

「你沒有猜對；我是生在芷江。」

「噢？」我真有點兒意外。

「好像說是——芷江舊名叫做沅州。我不大記得了。」

不知為何，我暗自算了一下她的年齡……

「其實叫皖芷也很雅。」

「是嘛，我也不知道我母親為甚麼取這個名子，羅皖沅，好憋口，可是改名子好難，要一直申請到內政部，不一定就准。」

「大概不很雅的名子可以改。」

「是嘛，所以我戶籍上還是老名子。不過新朋友，我都要他們叫我羅元。」

我表示感到趣味的笑着，心裏却想，一個自我意識很強的女孩子，能對甚麼都沒有野心？依稀有過印象，她是專門和名畫家，或者名詩人甚麼的交往，雖然並不能因此就認定她好名或怎樣，但她是個不很安分的女孩子，大致不會錯罷。

「老師對江樵的畫，看法怎樣？」

「很彆扭罷？」我轉過話題的說。「四個小時的老師，值得喊這麼久？」

「應該的嘛。雖然只四個小時，可是夠我受用一輩子的。」

「言重了。」

「不會。」她望着我。她那樣坦然的逼視着你，不由你不接受她的誠意。「真的，一點兒也不過甚其辭。」她強調的說。

「我不相信那四個小時，能給你們多點兒東西。」

「當然，前兩個小時那些基本的理論，沒有甚麼。但是另外兩小時，那不是每個畫家都能夠有的見解；學校的美術老師當然更少有那些認識……」
她是很清晰的娓娓說着，而我並不曾清晰的聽下去，我是很虛榮的關心起那兩個小時我講了些甚麼，不禁的一點點去記憶那些……那不過就是一些我個人的藝術觀而已。
雪筍麵送來。
「夠吃的嗎？」麵很精緻，但是量太少。
「我吃不完。」
「真不知道妳們女孩子是靠甚麼養活的。」
她還說感到餓了呢，那麼一根根的麵條數着吃，和我們毛毛剛學着用筷子時的樣子。
沉默的吃着，良久，她說：「剛才我不該那樣問你，好愚蠢是不是？」
我不大明白的望着她。
「你們兩個畫會，曾經為了幾個問題爭論過不是嗎？」
這才我想起她問我對江樵的畫的看法。「那些爭論，不會影響我跟他的友誼，我跟江樵一直很好。」
她居然說「你們兩個畫會」，記得她是敦煌畫會唯一的一員女將，雖然並不是重要的一員，並且我也沒有看過她的畫。

「可是讓你批評他的畫，總是太莽撞了。你會覺得我太不明事理罷？」

「不會。」我誠心的說：「對江樵的作品，當然三言兩語是說不清楚我的看法的。不過他是第一流的大才；假使說，我們這一代，將來只能留下一個畫家在歷史上，那除了江樵，不會是別的誰了。」

「那我跟老師的看法很接近。」半晌，似乎經過考量才說的。

很羞愧的，她這話使我有些不快和失望，好像只可以我這樣的推崇江樵，她就不該這樣。那妳羅元把我的藝術成就放在第幾位呢？雖然我是誠心的推崇着江樵。

人真是何等的脆弱！我是從不曾在意這些的，結果居然也在乎起來。

「可我不很了解，從他的作品看來，多大的胸襟，多雄渾的氣度呀！你真不相信，面對人生，在真實的生活現實裏，他……」她是很不悅的掛下臉來，注視着她的筷子梢，許久，許久，「我真不要談他這個人！」她一賭氣的說。

我怔怔的看着她噘得那麼薄的嘴唇，等着她還會有甚麼解釋。

「那會影響他的胸襟和氣度嗎？」我問。

「所以我認為那只是造作。」

我在思索着她所說的造作，倒是何所指。

「你不相信胸襟和氣魄，也可以造作得出的麼？」她的臉色緩和下來。

「妳會這麼想？」

「不管怎麼說，江樵是個有心機的人。一個人肯在某些事物上用心機，造作一輩子，假的也會成真的了。」

她的話是需要尋味的。江樵在做人上，自有他的一套，他很成功，人緣好，幾乎是他人生當中很主要的一個目標。然而這是無可非議的。難道一個藝術家必得和世俗格格不入，顯得怪怪的嗎？而我不覺得他那種圓滑，會能對他的藝術產生壞的影響。

「想必妳是有不少的事實根據。」我的意思是要表示，並非我不同意她的看法，而是她雖然可能擁有一些事實，但從那些事實所抽取得來的意義，未必客觀和可靠。我們不是常常從一件事物中可以獲致多種解釋嗎？不過我那樣說，却好像企圖誘使她數一數江樵的罪狀，不很應該罷。

只是下意識裏，我是很糟的，不免有些兒幸災樂禍。起碼，江樵在她ＷＹ的心上，儘管可能是一流的大才，却未必是個重要或討喜的人物。

也許是因為她已經脫離那個畫會了。

「你恐怕想像不出，這個人有多偏狹，有多迂腐。尤其一個偉大的藝術家所必須的愛心，他是完全的欠缺。自私得要命……」

照她這麼說，那我太不了解江樵了。然而他是那樣嗎？也許正是所謂的「想像不出」。

一個人雖然不能沒有脾氣，沒有強烈的愛憎；但是不知道為甚麼，對江樵的做人方面可能有的缺點，我總覺得，像她這樣的聰穎、嫻靜、溫柔，似乎實在犯不着這麼氣憤。除非江樵傷害了她。

「我想請教老師，」她用嚴肅的眼神，正視着你，而她自己是那樣的岸然，才不像是虛心的向你請教甚麼。「像一個女孩子，敢于不顧人家的閒話，不顧所謂的道德規範，甚至女孩子很重視的名譽，而在男女方面隨便一些，這件事，一定是要受社會指責的，當然不足為奇。可是一個自詡為先知先覺的藝術家，應該持一種甚麼態度？」

我靜靜的聽着，一面心想，文章來了。關于她的一些聲名欠佳的風評，我雖有所聞，然而由于一直不曾留意，所以至多也只是存有一些概念的印象。即使追憶起來，似曾聽說那個WY和一位年紀很大的現代詩的詩人，還有一位名攝影家，某一位電影導演，彷彿都曾如何如何，然而究竟只是傳聞，同時也只是一些殘缺的記憶。關于那些被視為聲名狼藉的事情，自然不是我可以過問的，而重要的是，無所謂的，必然那是她的世界裏，你不可以去碰的一些隱祕，一些痛處。然而她竟是這樣的向你袒露了……

對于這個所謂請教，我可以說些甚麼呢？

「即使沒有任何責任的話。」她見遲疑，又追問着說。「是跟在一般人的後面人云亦云嗎？還是應該有一個超然的態度哪？」

「起碼應該先去了解。」我說。

不是麼？我們這個不高明的社會，正在流行着一種貧血症——堅決的不要了解，並且從而否定一切不了解的事物：現代繪畫和現代小說、現代詩、現代音樂、現代戲劇等等，在中國都是同一個命運，被拒絕了解，被不了解的否定着。

我注視着她，發現她有些異樣，使我害怕起來，她的眼圈紅紅的。彷彿急于掩飾甚麼可羞的感覺，尚在握着筷子的手，抵住額頭，把長長的瀏海推亂了上去，那樣的遮住臉孔。

我害怕着她會自持不住，這實在不是一個合適的場合，如果她萬一抽泣起來的話。

「不過，」我也彷彿急于要挽回甚麼似的說：「我們也應該尊重人，就像我們需要被人尊重一樣。人家可以從了解而尊重我們，可是我們更應該尊重人家有權利拒絕了解。」

實際上，她的眼睛已經濕了，但她用抱歉的苦笑掩飾着。「我知道，不止是江樵一個人，我是不容于這個社會的，這我不會在意。可是正像老師剛才所說的，這一代可能只有他那麼一個人在歷史上留下一個位置，那這個人的心靈，就是這樣的嗎？」

「怎樣呢？」我問。

她閉緊了嘴唇，憤慨得好似嘴裏含着一把刀子。
「貧窮！」她帶着賭氣的味道說。
「妳會這麼樣的在乎他？」
「誰叫他是一流的畫家！」
「我覺得對一個藝術家來說，承認他的藝術就行了——」
「不，」她搶過去說。「我沒有意思要計較藝術家的私生活，但是生命呢？——我還記得老師所強調的生命，藝術生命，藝術家的靈魂……」
「也不盡然；像勞倫斯・奧立佛、李察・波頓，都是專演莎士比亞劇的一流演員，可是舞台上的表演藝術，不全都是造作？」
我自知，這樣的理由並不很站得住脚。也許出于一種可鄙的心理，希望被她否定，而把江樵的藝術，置于可疑的地位——我真要為此臉紅。
平心而論，我不曾這樣過；我之承認江樵為這一代唯一的大家，沒有一絲虛假，然而為何忽然可鄙起來？我真不能相信僅僅因為一個女人牽涉進來的緣故，就把人弄得扭曲和變形。
似乎為了要把這種可鄙的心理制壓下去，我斷然的強調了「藝術就是造作」。
「就算是這樣，那你是不是要有註解呢？——只有偉大的靈魂，才配有偉大的造作。不需要這樣的註解嗎？就算是藝術就是造作的話。」

我思索了一陣，只顧膠着在方不方便指出，她所謂的生命，靈魂，種種，不過是江樵不很原諒她的一些放浪行徑而已。那對江樵未免太不公平。雖然不求了解，而盲目的鄙視她，對她也是一樣的不公平。然而問題是在江樵真的一點也不了解她嗎？

「恐怕不是了不了解的問題。」樂維君的看法是：「即使了解了罷，了不起博得一個『其情可憫』，照樣的不可寬恕。了解並不等于接受是不是？」

樂維君自有她的根據（可怕呀，女人們的嘴和耳朵都那麼發達），而且很可靠。胡雲親口跟樂維君說過，江樵根本不准她跟羅皖沅交往，怕她跟羅皖沅學壞。

「在這方面，你不知江樵有多古板呢。」

「得了。他跟胡雲結婚之後，還不是照樣在外邊玩兒！」我不是不負責任的亂說，江樵在外面亂來的事，樂維君也是略知一二的。

「也許買賣式的玩兒，另是一回事。男人不是把靈和肉分得很清楚嗎？」

「妳別這麼一竿子到底罷——撇甚麼嘴！這個功當然要丑表一下的。」

「甚麼呦，那個人要不是個婚外閹者，還不是照樣的用二分法自欺欺人！」

這已都是無關緊要的閒話，主要的還是想探討像江樵這個人，觀念和胸襟，當真能像所謂的靈與肉那麼分開麼？至于說兩者之間毫無干涉，那就更叫人難解和不能置信了。

而同時我仍覺得不解的是，像羅元這樣惹眼的女孩子，四個小時的課，不過三十多人，居然沒有惹我的眼，給我留下一星星的印象，幾乎是不可思議的事。

「也許是美容的關係。」樂維君這樣的認為。

「會有那麼大的差異嗎？她來我們家，還不是等于洗盡鉛華，談不上甚麼修飾！」她拋過來好瞧不起人的一眼。女孩子做了婦人之後，都像是從一個地方訓練出來的嫻熟于這種眼球運轉法，「你們男人哪……」不外這一類的意思。似乎男人若不懂女兒家那些太過專業化的窩囊事，你就是天下第一等的蠢貨，該吃那一眼。

「動了手術的，你難道看不出來？」她說。

說來我是真夠糟的了，為何我會一點也沒有看出來呢？沒有那種意念的緣故麼？當然，你再怎樣不留意那些美容廣告，你總還是知道他們吹得多麼萬能，由妳想要哪個電影明星，就給妳那張臉蛋，至不濟也包能把妳修改成通俗小說裏千人一面的那種大大的眼睛，小小的嘴唇，高高的鼻梁，深深的酒窩等等。然而畢竟那是廣告罷，商業社會裏用不着臉紅的謊言，沒有人會蠢得相信它，或者揭穿它。

我試想着羅元那副近乎白種人的臉型，看看憑着記憶，能否找尋出甚麼瑕疵。

「改上帝的畫。」瞧她笑得像個欠厚道的女學生。「很壞的畫，當然要改得面目全非。」

值得那麼得意！

她那樣的譏諷人，如同她手裏進行着的織針，一針一針狡猾的刺着，縮回；縮回，刺着。她是近乎自說自話，眼睛不曾離開編織中的毛毛的小紅毛衣。好似她取笑的並非別人，只是那件弱小無助而尚未成形的毛衣。

有些看不過去，我說話了，「當然啦，妳這份打滿分的漂亮卷子，上帝用心畫的，當然不用改——多一分則肥，少一分則瘦。」

然而真正使她這麼得意的，該還不止于賽美方面的優勝者罷。作為一個良家婦女，佔上風的機會本不很多，既有這樣的機會，自然不放過的。

「不過也很值得同情，」她說。「聽說變天的時候，或者氣壓太低，很難受的，又痠、又痛、又癢，說不出來的滋味……」

她匆忙的織着，繼續着這些譏諷（鬼才相信她會寄予同情），簡直像把這些譏誚當作祝福，必得配合着把這些屬于母愛的祝福，織進遊子身上衣裏去。

那種手術豈不是和掛過彩的老兵一樣？那也算是傷口麼？也夠辛酸的了。然而我仍不能想像，一個不惹眼的面容，會能修改得如此惹眼。也許我太迂闊，太不肯承認現實。不過，至少對于中國人所謂的黃頭髮，那種黑色素較淡的髮色，我有先天性的——那是說，沒有理由的——一種偏愛。那末，在雖然三十多人，而除去男生，也許只有不到十位的女生當中，我怎麼可能無視一個棕髮的女孩子呢？

「我不以為她有那個必要——把頭髮染成那種顏色。她會崇洋崇得那麼笨？」

「你是怎麼啦？」她不解的看看我。

而我更不解她的意思。

「是不是故意假裝對女人一無所知？還是假裝不熟悉她那些風流韻事？」當然，她是完全不信任的瞧着你。並且由于肯定了你是不是在裝模作樣，氣得不要理你了。

你說這有多冤枉！

「她不會戴假髮？」有時她煩起來，罵起毛毛便是這樣的口氣和神情。

「那我犯得着裝佯？」

「那她一個月沒有一萬塊就過不去，哪來的進項，難道你也要裝做不知道？」

真是要命。我看，如果確有其事，那末，羅元哪來的進項，也許並不如哪來的她這些資料之更令人訝異。

「還不又是胡雲給妳販來的！我憑甚麼知道她的經濟狀況？多笑話！」

「也許——情有可原。」她跟她自己點點頭說。

「好像我應該是個包打聽，對她居然一無所知，簡直有愧職守。」

我當然也是理不饒人。

「你別忙着理直氣壯罷。她能那樣把你當作知音，跟你推心置腹，怎見得不把甚麼都托底兒給你？」

「發酵了。」我冷冷的回敬她。

塑膠的織針尖，點到我面頰上來。瞧她做出的那副狠相，要把人當作魚，打魚鰓裏穿過去，像魚販子那樣拴起你來。

不管怎麼說，樂維君就是這一點可愛，人是透明如熱帶魚，吃醋就坦承吃醋，雖然吃得很不體面。

「其實我還不是知道她很少，要不是小傅那個消息靈通人士——」

「他甚麼時候又跟妳饒舌了？」

顯然我不該這麼吃緊，惹她把黑眼珠夾在眼角裏睨你。「還不就是那個人，帶着女弟子走過之後呀！」她說。

「這個情報販子！」

心裏，我真要叫出來，好險！虧得回得家來，沒有等到盤查，就先自首了。然而這個鬼小傅，仍比我所料想的搶先了一步。

本來，甚麼事都不曾向樂維君隱瞞過，連跟林安娜險到那般地步的事，除非林安娜自己走漏出去，壓根兒就沒有第三者知曉，那樣的情況，沒有幾個做丈夫的肯跟自己女人報案的，而我一樣的跟樂維君托底。那末請羅元吃碗雪筍麵，着實算不得甚麼了。也許我和樂維君之被人視為所謂的婚姻美滿，正是貴乎誰都不存私房，包括一切的私房。

跟羅元一起離開畫廊，當然料定了小傅早晚會跟樂維君多這個嘴。不過再快，也要明天或後天罷——這兩天樂維君總是要去畫廊走走的。然而沒有料到，這個鬼傢伙狗肚子裏盛不下四兩香油，會憋得那麼難忍，等不及的跑來通風報信。他知道我下午有課，人不在家裏，可見是專程的跑來推銷他那份情報的。

確實是的，和羅元單獨出去，確實是微不足道的小事。然而如果等到樂維君追查了再招認，顯然在互信上將成為一次惡性的破例。而夫妻的情感愈是一直的那麼美滿，未經風雨的本質也愈是脆弱無比，愈是經不住彈指之力的一次破例。

「你們都是十多年的老朋友，」她說，「小傅當然是一番好意，幫助我們去了解一個人——正像小傅說的，我們是一對孤陋寡聞標準的愚夫愚婦，對于人際關係太漠然了——」

「妳是怎麼啦？我們不是一向認為人與人之間，愈單純愈好，不要這樣枝外生節嗎？藝術這麼龐雜，變化繁複，畢一生之力去調理，都嫌不夠，我們哪來的餘力兼顧這些！」

我是說不出甚麼道理的還在生着小傳的氣。他這個人的病根不是別的，他太閒了！

「但是了解人，還是很需要的——你自己才說就忘了？」

「順乎自然。」我斷然的回她。

「不了解也不妨，」半晌，我又加上一句話。「懂得尊重人就好。」

「可是你一點兒也沒想想看，她來找你做甚麼？」

「有甚麼可想的？不是自自然然的麼？

「學生找到老師嘛，對咱們也不算新鮮了……」

「我是說，幹麼好幾年不照面，忽然這麼熱絡起來，走得這麼勤！」

我笑起來，想起甚麼經濟情況不經濟情況的。「大概是——想從我這兒一個月弄個一萬塊錢的生活費罷。」

「人家跟你談正經的！」

「大概妳是想了很多罷——一個人在家……」

「我有那麼多的工夫！」她皺着鼻子說，一臉的謊意，瞞不過人的。

我不作聲，憋她。我才最懂得她的性子呢，她最忍受不了的，就是你的緘默。

起先，她說她很為羅元抱屈，但不是出于仁慈，因為她認為那樣太划不來。哪樣划不來呢？讓一個自我崇拜狂的三流詩人，到處去宣揚「摟着WY的大白屁股，大談大衛・勞倫斯。」她提醒我，那個所謂的三流詩人，曾在希禮的婚禮上做過司儀，愣頭愣腦的大個子。我可不記得。她又再描述一番，幫着我記憶。但我一點印象也沒有，恐怕已不是記不記得的事了。而我發現這太可笑，管他是甚麼樣的一個人摟着羅元的白屁股！

「妳這樣說，毛病太大。」我想到我自己女人會有這等觀念！「那末，如果是妳，讓他們一流的詩人摟摟，妳就划得來了是不是？」

「不管怎樣，犯不着自討下賤哪。」

「她又不是跟他的詩睡覺。」我說。「那好了，現在找到我這個一流的畫家，妳用不着再替她抱屈了。」

「真不要鼻子。」她用織針刮了我的鼻子一下。然後，故作品味的樣子，她說：「那個人也不要太自信。人一生當中，都有一段反常時期，所謂聰明一世，糊塗一時，就會做出連自己事後都會感到驚異的事。你不是前兩天才在讀泰綺絲？」

她真是想得神聖，把我比作那個從沙漠裏來的，沒沾過女人的苦行僧。

「那她怎麼又跟那位三流詩人吹啦？」我想小傅所供給的情報一定很完整罷。

「根本就是玩玩兒嘛。再說，憑一個不正幹的小公務員，隨時都有被開革的危險，還討得起姨太太，養得起情婦？」

「不是說她有奪夫癖嗎？沒奪下來？」

也許不自知中，有所謂憐香惜玉之情罷，我感到這話對羅元有些殘忍。原覺得江樵到底會有甚麼理由要那麼傷害一個女孩子，其實也就是像我這麼簡單，不必存心如何，順口而出，就可以做得到的。

照小傳販給樂維君的情報看來，羅元專門跟有婦之夫鬼混，雖然已有那麼多的前科，然而那些行為無可解釋，所以只有稱之為癖。至于是否算做奪夫之癖，那又很難說了，因為既然是奪的話，總使人意會到那是從別人手裏奪過來，佔為己有。但她不是那樣，到了手就丟掉。和一個電影攝影師是如此（原記得是個攝影家，那是我記錯了），和一個夜總會的洋琴鬼如此，甚至和一個在電視上賣唱的歌男也是如此……除非你把她看做一個還沒有社會觀念的幼兒，而幼兒的她，又完全不懂得婚姻制度的所有權益。然而這樣的假設太童話了罷。用《飄》裏的郝思嘉的理由，用好萊塢的伊莉沙白泰勒的理由，都不能夠箋註羅元的行為。那末你將對她採取一種甚麼態度？

我凝神的看着樂維君，看着她面龐上的每一個細微，細至每一顆細胞，看着婚前婚後她所獻身捨身的每一分恩愛和犧牲，你無從想像你能為着甚麼一種偉大的理由把她丟棄，甚至你失去了她，你還會有甚麼。

誠然，貪戀中的狂熱和迷醉，新婚繾綣，都已遠逝，人不可能長久的存活在那種日夜燃燒的高溫裏。清如水，明如鏡，歸趨于平凡，你已幾乎感覺不出，乃至羞于感覺你們是在相愛着。但是當你如此細審你的妻子，拂去你眼膜上老于生活的那些塵埃，或者如朱光潛的美學所教給你的，從鏡子的反射裏，從你自己的胯下，重新美視你業已厭倦煩膩了的灰僕僕的現實，你將發現你是一頭懵懂齷齪的豬，臥在粒粒璀璨的真珠堆裏，便溺它，作賤它，一面嗚嗚的怨它對你的饔飧不生意義。就如同你以這種自覺，細審你的妻子，你將訝異起來她有多麼陌生；並且訝異着為何誰都不是，偏偏這個女人是你的配偶。你倆從生下來到這個世界上之後，曾以二十年，三十年，以那麼悠遠的歲月，泅在普天下二三十億人類的海洋上，泅向你倆相遇的那一點上。何等的魔力和艱難呀，而你的眼睛已如曾祖父手裏起建的房頂上那塊天窗玻璃，能見度已經塵封至零了。

當這樣靈明一閃而過的時刻裏，你方始發現自己的虧負。你是被比母親更溺愛你的妻子給寵壞了；不是嗎，她一直乖乖的侍候你吃飯、穿衣、做愛、替你記着母親的生日，哥哥嫂嫂姪兒們一家人的生日、連你的手絹都想得那麼周到的一天給你換一條乾淨的，並且從不曾作殺身成仁狀的在自殺着她自己的藝術野心，為使生活更安適一些，免除你的分心或向現實讓步，她是寧可去畫商品包裝紙、畫娛樂小說的插繪、畫純肉的裸體畫，甚至畫偽畫。而你無視這些，遠交近攻的去慈悲着周南南、寒星、林安娜，以及面前這個同樣可能的羅元，去感傷于這些天才的殞滅……

那末你和你所鄙視的你那些妻族中風流的男性們有何不同呢?唯一的不同也許是藝術理由比商業理由體面一些。然而對于那些男性來說，他們也是自覺十分體面的；去你媽的藝術，他們眼裏也一樣的沒有你的光彩。

一個從事超現實現代藝術創造的人，豈可無視于和你最懇切的現實呢？

如果你選擇性的反對着壞的傳統，你便必須反對傳統中不守一一制配偶的惡行；

如果你是毫無選擇的反對着所有的傳統，你更必須反對傳統中單行道的貞潔要求；

如果你主張人類回到真我的自然位置上，你尤其要遵循一一制配偶的自然法則。你還有何理由呢？一個藝術家可以連這一點靈明也沒有麼？

人類的恥辱便在乎此；無分東方西方，父系社會所造成的，獨惠于男性的方便，連帶的也造福了家畜中雄性們的多妻制度；便就真的禮失求諸野（獸）了。

羅元到我們畫室裏來，走動夠勤的。而樂維君和羅元之間，不知道該說是一種甚麼關係。樂維君對她攜來求教的作品，歡喜的了不得。和她談天，也從心底裏湧着愉快。然而當她那個人不在我們面前，樂維君却說：「我簡直是非常小人了；我好討厭我這個人。」我找不出這其中究竟是一種甚麼不可捉摸的緣由。樂維君決不是那種假人。

並且還有蹺欹，我們的毛毛也是如此，羅元每次來我們家，她能膩着羅元阿姨不離一步。平時提起羅元阿姨，「才不喜歡她呢。」懷裏抱着羅元阿姨給她的舶來品的大洋娃娃。在她有限的語彙裏，當然你更詢查不出到底是種甚麼緣由。

而我反省自己，是否在情感或情緒上的形成，我是比較陰沉，不着痕跡？是這樣不是？我分辨不出。她那一排瀏海長及睫毛，躲在那下面的一雙褐色眼瞳，總是給人一種應屬異類的感覺。而所謂的異類，又不是血統，種族，之類的差異，而是另有一種非我族類的詭異；只有一次，夜很深，淅淅瀝瀝的雨聲敲着更漏似的絕大的靜寂，在交談的間歇裏，立地燈從她的側面漫過一片暈黃，陰影裏那一對窺伺般的眼睛似有燐的綠亮，類似一些夜行動物的眼睛，又彷彿至解人意的和你絮絮瑣瑣的目語着。夜和她這雙眼睛，遂很聊齋的把人刺了一針，把你從近乎被催眠的渾噩中刺醒過來。

在反省着自我而又求不出甚麼時，我是努力的去感覺她這個人所曾給我的種種。而所能感覺得來的，似乎除了所謂的異類之外再沒有別的了。那末，蹺欹也罷，不可解或不可捉摸也罷，難道緣由的焦點，只在她是另一個世界的族類麼——且不管她的那個世界叫做上界、冥界，還是獸界、禽界，只在她或為謫仙，或為回煞，或為家畜、家禽，暫時的歸化你的世界時，她便有那種迷人的魅力；如樂維君所解釋的，與你在一切的一切上，相共一個心靈的那種魅力。然而，畢竟那仍然只是一度、再度的相共，即使千百度罷，仍然她不是你世界裏的人。

這樣的解釋，適切嗎？我不太能夠肯定。

「也許你們倆都不相信，」羅元羞笑着說：「從前，一度我是個很嚴重的問題少年，做過兩年多黑鳳幫的老大……」

好像她是很開心的在講着她挺欣賞的一個小妹妹頑皮的故事。

我說：「以從事教育工作的立場來說，應該認為是少年問題，把責任安在自己肩上。說問題少年，那就好像把責任都推給少年自己去承當了……」

我是有些文不對題的說。因我感到可笑，甚麼從前！一度！如今不仍然是個問題人物？只不過從少年晉級到青年而已。實際上，那張洋娃娃臉蛋，臉上那種不安定的神色，一樣的還是可以看成一個不更事的小少女的。而她的問題，比起她做黑鳳幫頭目那個時期，恐怕只許更複雜、難解，不要想還會單純一些。我們倆哪有甚麼不相信的呢？

我猜着，她說這些，都不會是出自一個單純的動機。雖然她講來，時機是很自然的。因為我們都在閒談各自剛懂得一點異性情感的那段時期，一些莫名其妙的戀慕。樂維君的是通學火車上的一個高中部的男生，時常把樂隊的黑管帶在火車上吹，而那居然使一個初中二年級的小女生發抖。我則整天把一位教音樂的女老師的名子，拿來拼做英文寫它一百遍，寫進多少酸酸的柔情。

「那你們倆這些，都該是小布爾喬亞式的羅曼蒂克，我的才實際呢，也許你們倆都不相信……」她就是那樣講起來的。那和她講起她對江樵的憤慨，動機可能是相似的。

我和樂維君兩人，對羅元的另一個世界，不用協商也會同取一種態度，躲着，不要去碰它，免得對她成為一種傷害；因為不管怎麼說，究竟那是一個被現實社會視為暗敗的另一個世界。她自己心裏也並不坦然，否則，她用不着整個改裝，到我們的世界裏來。

然而在認識並了解另一個世界的智能來說，羅元是比我們太強了。在古玩店的那一次邂逅，我實在回想不出，當時我曾對她的裝扮有過任何異議的表示——那只是一種心理的意見，且也並不強烈，她會看得出來嗎？她的心靈感應會能那麼敏銳精細嗎？當然，可能更早，在她聽你四個小時的課裏，已然認識了你的世界；至少你是一個常人，你的世界也是屬于常人的世界，屬于這個社會中的絕大多數的階段，自然不難了解。但有一點，你仍得承認她的觸角有一種正確的判斷，她懂得你不是江樵，你的開明必會同情和不見怪于她的那個世界。你怎麼不服她呢，對于她的過人的聰明？她幾乎是那時都洞燭你的所想，她替你講出來；決不等你形諸語言，再辯解似的替她自己講出來。

而做一個幫首，如果未有性的經驗，你就不要想能領導人、指揮人。在她之前的那個老大考取了私立專科學校，行將退休的時候，為了取得做老大的重要條件之一，她是慷慨的為那位洗手前必須清了一筆重債的老大，去和一個流氓出身的議員睡了一夜，把積欠的八千塊錢勾銷。

「那時候，八千塊錢還很當用……」她仍然像講着另一個女孩的故事，嘴角上牽動起一絲趣味似的不好意思，莫可奈何的苦笑了笑。

那時候，她是初中臨畢業的小女生。

「沒想到，妳還把書讀出來了。」樂維君受到她的祖裎所感染，也那麼袒裎起來。「你們真不會相信，我沒有落過十名之外；如果不是曠課太多，前三名是靠得住的。」

似乎這是她頂得意的事，她說：「江樵的太太最清楚，她跟我同系同班，一個學期，統統加起來，我不會上到一個月的課，可是我的成績總在她前面，氣死了她那個書蟲。」「不過我沒有讀到書，」她嚴肅起來。「得分數並不難。真的，我沒有讀到書。分數填進了成績單以後，成績就不再是你的了。」

如果不是後面這個註解式的說明，對于她那番成績優良近乎吹牛的得意，她真會不予相信，甚至會很反感。然而她有這種本領，要你服貼。

「那我要是還不知長進，跟你們兩位老師從頭學習——學養和技巧還是其次，我需要你們的鞭子，幫助我從靈魂裏面往外淨化，否則，那我還會有甚麼？……」

「妳覺得呢？」待羅元走過之後，我問樂維君說：「那會是她忽然跟我們走得很近的原因嗎？」

「天知道！」

她的神情很含糊；像是故意掃你的興，又像是可以考慮推翻她自己的一些疑心。那是着實不能責怪樂維君太沒有氣度的。

羅元這樣積極的就着我們，以她的人格來說，確乎有些曖昧。不必說樂維君，我自己也是對她的企圖不明有所戒備，以至一再的參加樂維君所作的種種推測。

除掉可能性較大的她那種專好蠱惑人家丈夫的鬼癖，她有甚麼圖謀不軌的呢？想進身我們的畫會？想要我們幫助她開開畫展？推崇她？捧捧她？或者她的那個世界使她疲倦了？開始感到人生的空虛？願做我們世界中的一元？或者真如她所說的，需要我們的鞭策？而這最後兩點，該是我們許多個推測當中，我們所謹願而樂意接受的。那她，單單的只挑選了這個？

或許正由于如此投合我們倆的胃口，遂使我們不能不懷疑是否那只是她的迎合，以至她用迎合作為手腕，她的真正目標，却是其他那些個推測當中的之一，或者之二、之三……那都很難說的。

在有些場合，我們三個，或者我和羅元兩個，一起出現得多了，可能便給人一種「公然」的觀感罷，于是一些來自朋友的警告，給了我，給了樂維君，或由樂維君轉給了我，顯然嚴重起來。

那末，我只有笑笑。

對于我的內心，當然，我深知並不止于「只有笑笑」。

「如果說，像羅元這樣的女孩子，你一點也沒有念頭要跟她睡一覺，鬼才相信！」跟樂維君，我用不着解釋，然而說明我的心理狀況，仍是必須的。「提醒妳一下，妳的男人已經跨上四十歲大關了，還動不動就『惑』嗎？如果……」

「算了罷，最時髦的出牆年齡。沾惹上她的，還沒有一個不顛倒的。」

「妳也別只顧長她人志氣，滅自己威風。起碼讓她碰見一個征服不了的男人，兜底改變一下她對男人的觀念，對她這麼個人，未始不是一種拯救——」

但是天哪，好像真就自作多情的把羅元看作迷上你這個風流才子了，你有甚麼值得她着迷的？

「那就更危險，」她用玩笑的口氣說：「越來越是泰綺絲裏那個苦行僧了。」

「恐怕再也找不出第二個像妳這樣的傻瓜，把妳家男人看成天上無兩，地上無雙——結果，只是個吃軟飯的窮畫家。」

確實這樣；不管是實際狀況，還是跟朋友們當作玩笑打趣自己，歲出的赤字佔上一半，而這一半完成要靠女人去賺錢來彌補，並且是以藝術上的失節去賺錢，那不是和吃飲飯差不多少？

不管怎麼說，我是難以想像羅元對我會有任何卑下的企圖。對朋友們，我所以只有笑笑，原因還是在我害怕任何一種辯白，被訛成需要更多的辯白也解釋不清的是非。但對樂維君，我則不能不袒裎的讓她了解。一個男人，起碼有責任創造一個和祥的家庭，即使你是個很無用的男人。

我之難以想像羅元對我會有任何卑下的企圖，實在是根據着她對我的敬重。人在動情的迷戀中用的總是一種執迷的凸透鏡，把對方的一顰一笑，即使不經心的一眼，把所有的甚麼甚麼，無不放大為一種意義——于自己至為有利的一種意義，誇大到令人捧腹的地步。用這個，適可反證我之對于羅元從未用情。

「我沒有辦法說明這種敬重，在她是怎樣表現出來的。有一點，妳該最清楚，妳看在眼裏的應該很多了——離開妳的視線，也是一樣——在我面前，她幾乎很少意識到她是個女人。這還不夠嗎？」

我等着樂維君的反應，迫切的看着她，等她用一一回顧的事實來證明這個。

「是不是？」我催問着，「至少，她沒有有意的讓我感到她是一個女人。」

不用說，她不得不同意。然而，或者有所不甘罷。也或者出于謹慎，不願放過更縝密的求證。她是在認真的遲疑着。

「跟她單獨在一起，妳都知道的，不少次了，我沒有辦法不相信她不是一個正派的女孩子。」我一再的補充說。「不過，我也有困惑，漸漸我有些弄不清楚，她在跟我們相共的世界裏，和在她另一個的世界裏，到底哪一個是她的真我，哪一個是她的假我。」

「也許……說不定像希禮說的，她的段數高，從來都不動聲色。」樂維君為她的這個懷疑，抱歉的笑了。接着，好像這一切都不算，重新再來過似的，她振作的挺挺身子，長舒一口氣。「當然，我不希望這樣，我真的很喜歡她，我們也很談得來，人又是很堪造就。可是她過去的那些事……撇開我是你的妻子，我也沒有辦法相信，對你——她會忽然純潔起來。」

她過去的那些事嗎？果真完全是外間所風傳的那些穢史麼？誠然，她自己都不當作一回事的講了那麼些，但除掉她所講的一些之外，所有那些風傳完全可靠嗎？那末，退一步說，即使句句實情，是否一件事還可以作兩種或多種解釋呢？至少，我們不曾了解，那些負責傳遞流言的人也不曾試圖了解。——想起當我說「起碼應該先去了解」的那句話時，羅元的眼睛曾經一下子紅上來。

心裏，禁不住有一股憐恤之情湧上來……

問題是否全在她之不被了解，我想，被一萬個人所摒棄不要的，未見得就沒有把它拾起來的價值——雖然獨獨只有我一個人肯拾起它來。

就藝術創造而言，看重眾人所看輕的，看輕眾人所看重的，雖千萬人，吾往也！不正是一種境界麼？

在這一點上，樂維君和我，是完全一體的，我重又跟她提起這些。我們談得夠深了。

「妳如果相信我在藝術上能夠傑出，那也請妳相信我在這件事情上的傑出；不要用大家用的公尺來量我，妳從來都不是一個無可理喻的女人。」

「聽着噢，」她倚到你懷裏——這表示，她可以把心撕下來給你。「你要怎樣，從來我都沒有干涉過你；雖然我們是夫妻，你仍舊應該有你自己的世界。就因我相信你對甚麼事情都那麼成熟，有把握，所以從來都放心你要怎麼作主，就怎麼作主。也許我唯一不放心的，還是我自己；我怕終有一天，我跟不上了你……」

不消說的了，這是很能打動你的。你不會想到跟不跟得上的問題。她使你軟弱下來，使你意識到——我怕終有一天，我負了你……甚至有些莫名其妙的慘然。

「別笑我太宿命；女人終究是女人，儘管我好厭惡那些可怕的小心眼兒，有時，還是免不掉跟你耍小性子——你所謂的不可理喻……」

說不上甚麼規勸，但總是使自己的妻子肯于這麼諒解了。然而朋友們呢？朋友們也許更容易諒解，所以無需辯白，尤其無需規勸他們；至少在這樁事情上是這樣。而即使得不到他們諒解，即使這樁事情演變得不可收拾的壞，也無損于友誼，更不可能傷害到他們。那末，只有笑笑，便就勝過多少駁斥了……

而實際上，在那麼些的警告裏，你當怎樣呢？說WY幹過吧女，就是那些從越南來台休假的美軍身上套外匯的娼妓者流——這你當如何呢？你只有笑笑。說ＷＹ在委託行裏穿上新裝，到觀光飯店去脫掉；從那裏弄了錢來，再去委託行製新裝——這你當如何呢？你只有笑笑。說ＷＹ拆散某人某人家庭，那些某人某人都是知名的人，又都是恩愛逾恆的夫妻——這你又當如何呢？你只有笑笑。說ＷＹ在代表一種好去處的「陶公館」裏露過面。這你當如何呢？你只有笑笑。說ＷＹ不獨勾引人家的丈夫，而且勾引人家的未婚夫，人家的男友，完成破壞之後再順手甩掉，各有一段女人聽了氣得要死，而男人感到遺憾的曲折故事。對于這些，你又當如何呢？你只有笑笑。否則，你難道要替羅元辯護，替她爭論和洗刷？你有甚麼義務和憑藉？你既不能推翻，又無關乎承認與否，而朋友們是出于好心的那麼感人的關懷着你們倆，且是一面倒的向着你。你除了笑笑，沒有任何，就是這樣的。

當然，你並非不可以為羅元開脫。至少你可以反問，是一種甚麼樣的悲劇迫力，陷她于無可奈何的境地？她甘願嗎？她貪圖甚麼？她自知否？

然而這仍然只是一種變相的辯護，他們除了把你的變相的辯護解釋做你已墮入ＷＹ的迷陣，沒有誰想到要去了解戲劇背後的那個甚麼。戲是很好看的，並且很有批評的自由，在流傳途中，每一個經手人又都是那麼趣味的戲上加戲，集體創作，過程如此，不外是這些。

關于我的那幅〈一個世界的誕生〉，畫會的朋友們所作的標榜也罷，一些畫壇敵手所作的抨擊也罷，正面和反面的理由看來都十分充分，然而總不免迷亂在黑白油畫的我的畫思的保護色裏，至多討論到平劇臉譜所礦儲的民族圖案，就儲量言，就畫質言，有否開採前途和價值。固然，這些爭論並非毫無意義，畢卡索甚至到更原始而其實並無多少藝術儲量的非洲黑人的雕刻裏去開發他的新世界，我的指向豈不和軒轅氏的指南車同等的不必要懷疑！然而就畫的本身，我所慾表現的那個意念來說，真正是以全生命來領受的，縱使這畫能以流傳千秋萬世，供億萬人讚賞，我怕仍然只有一個人配得上領受它。不錯，樂維君，畫家，並且是個畫家的愛妻，她是理應涉入的；還有我——畫的作者，毋庸置疑；然而，錯！既非作者，亦非作者的妻子，實際上，對于羅元的那個世界，我們依舊漠然。固然，幼蟲不必一定識得蛹的世界，蛹也不必一定識得蝶蜨的世界。然而在蛻變的軌跡上容有各個過程的斷代與相異，其于貫串全生命的脈息則一。以那麼慧黠的羅元，初初破繭而出，粉翼猶嫌濕縐而尚未展佈開來，在慄慄的戰索中，不勝陽光，不勝繭外的氣層和溫層，界乎這樣乍醒還酣的湮散的暈帶之間。雖然如此，她是仍有足夠的自覺去支使她那麼精細的去一一印證兩個世界間絲絲入扣的啣接。那末，縱然連畫的作者，和作者的愛妻在內，誰個能夠在這些上面勝過她的認知和感應的完整和無限伸張呢？

「一個個都好傻瓜！」她像個出于疼愛在責備着無知的乳嬰的小母親，掂掂手裏一疊剛讀完的雜誌和剪報，那上面刊載着形諸文字的種種爭論，為着我那幅〈一個世界的誕生〉所引生的力捧或力貶。

你看得出她的愛心，看得出她的不耐和幽怨。在她牽動的唇角那裏，有慾哭的譏笑。

而你看着她這樣，却又不能自已的在污穢着她，想到在她那看來不知有多潔美的雙唇上，曾反覆肉過的種種形狀和質料的嘴巴：厚像內臟的，大得暴牙，黑如腐肉的，等粗如炸麵圈的，給胃火燒臭了的，無齒的，德克薩斯的，尼格魯的，吹小喇叭的，黃牙為主的，雪茄臭的，議員的，黏着醉嘔的糟渣的……

但是你胡想這些作甚麼？我責問起自己，徒然的為你自己製造不快麼？是否只有你這種型的嘴唇最配得？最潔淨，最滋潤而深情？

我知道我這無用的臉皮，一定紅得把甚麼都敗露出來了。

然而那有甚麼呢？那些個腌臢，齷齪，從那兩片唇上毫無憐惜的踐過，既不曾攜去甚麼，也不曾留下甚麼，依然無損于那線條、色澤。那麼潔淨而無一絲縐紋的美唇，罪惡的痕跡在哪裏？

一如那些流言，或如江樵的太太所描繪的，在以前，原只是一把枯黃的頭髮，蓬在一張扁扁平平沒有款式的四方臉上。長年浮腫的單眼皮，沒有鼻梁的蒜頭鼻子等等。所有這些，和你面對這個幾乎潔如美玉的女子對照起來，你實在沒有辦法使用想像，把那些這些都加在她的人格和身體上。一切如風，風吹草偃，風息草起，是否就是這樣？

從「一個個都好傻瓜」，談起藝術家共同命運，總是命定的被安置在不受了解和不被接受的芸芸眾生中間，被冷落和孤獨起來。

她訴說這些時，彷彿吞下甚麼難吃的東西，而又說不出口的樣子。而且她為的是你所遭受的冷落和孤獨，如同她不止一次的為你的清苦生活而不平，「當然我知道你不在乎這些；甚至于感覺不到這些。可是為甚麼你們要這樣窮！你們太有權利過得好一些的……」

誠如她所說的，我們不曾感覺到窮，然而從這個，你會得想到她在她那個世界裏的生活，確是和我們相去太遠太遠。一個人不可能與財富為仇，猶如一個多孤傲的藝術家，也是一樣的樂聞喝彩的掌聲。所不同的是，基本上無所求，然而如果來得般配，相稱，自然也是來者不拒，決不矯情。

「我懂得。」她說。那是很平常的，很簡單的一句話，但從她的口裏吐出來，就有那種浸蝕你的肺腑的感動，使你感于她是那樣入骨入髓的領受着你，渴吮着你，而異常受用。那是屬于靈魂上的繾綣，她是那樣不動聲色的魅惑着你，給你沒有限度的縱情。

「如果為這些感到不平，那可能是對于某些藝術之外的獲取，期求得迫切了一些。」我想我這樣說，會碰傷到她的靈魂私處，但那也只好如此。「孤獨固然是藝術家的命運，不錯的，但也是一種節操。一個搞藝術的人，豈可拿節操去兌換喝彩！——也許使用這樣過了時的字眼兒，已經不堪入耳。」

「不會的。其實你們都不知道我有多守舊。有時我都好厭惡我自己擺脫不掉那些束縛。」

這是她說的。我和樂維君不禁暗暗的交換一眼。

「其實實質上還是一樣，是不是？」我繼續說：「或者換個字眼兒，執着，就時髦多了。好像我們罵人，用習慣上的髒話，不堪入耳。換上不很熟不很大眾化的方言，或者外國話，就比較容易吐字兒，聽來也不至于太過不堪。我的意思是說，藝術上的原則，需要堅持。偉大與否，那是很有關係的。」

「我懂得。」她還是用那樣的馴服來感動你，讓你縱情。

然而當你稍稍尋味一下，你會疑心那也是一種絕妙的應對罷。她既不說「我懂得的」，以免表示她一向就懂得這些道理，以至絕了你的言路，給你不快；她也不說「我懂得了」，好像聞君所言，方始茅塞頓開，一向她都是很不懂事的；那樣似乎又奉迎得未免令你見疑。瞧這樣不卑不亢的應對，有多得體呀。不過，天哪，但願她不曾在這上面用甚麼心。我倒願意這是我的多心，不要這樣打轉轉的去曲解人。

而這些瞧在樂維君眼裏，是成為可笑的。「你都不知道，噢——，她在他跟前裝得有多乖。」同朋友們談論起羅元，樂維君總愛這樣說。

我嘛，也是一樣的由不得那樣想，她是乖得令人不忍；然而她不可能是個乖女孩，儘管你可以拒絕去聽信那些有關她的流言，單就她自己的那些吐露，也就足夠支持你和樂維君採取同樣的看法了。

那末羅元是否就如她自己所說的，她是個守舊的女人？這在哪一個聽來，都要覺得唐突可笑，何獨只有樂維君是這樣的感覺。

然而這是經不住思索的，正如人們不加思索就把羅元視作十惡不赦是一樣的情形。我們已在不自知中，慣于把時髦替代了新。問題或許就在這裏。

一個崇尚粉飾的社會，想必是個喪失創造精神和自信的社會。羅元所謂的守舊，毋寧是她真誠的自覺罷，樂維君倒是很快就認可了這個。

沿着我們如此共認羅元成了這個社會縮影的假設探索下去，在一陣沉默之後，兩個人是同時脫口而出的搶着說出來：

「銀樣蠟槍頭！」

這似乎是把羅元的一切——甚至連這個社會都說進去了。

這在我們兩個人，已經有太多這樣的經驗。不知是否共同生活在一起久遠了的緣故，還是所謂的愛情，真就能把兩顆心靈拉合得這麼貼近。對于一件事的感應，往往並非你去徵得她的同意，或者她來徵求你的同意，甚至需要遷就；不是這樣的。常時，兩個人同時的這樣脫口而出，不僅同一個語意，妙的是彼此一字不差，不可思議的只在那個瞬間裏，搶着說出同一個感應。真像拉着架勢等在起跑線上，裁判的一聲槍響打出來的那樣多少分之一秒都不差的。雖然這和我們最近兩天晚上兩個人老是抱着《西廂記》一起讀，似乎有所關連，畢竟根底上還不止這個罷。

銀樣蠟槍頭——似乎並非十分準確。然而難得兩個人同時思索的問題，同時出口，又是同樣的設譬，縱不準確，也算全體通過。以這個作中心，我們繼續的談着羅元的種種，從她對于藝術、情慾、拜物等等的追求，可以想見的那是和實際上的不得滿足始終成為一種喪志的循環。在藝術上的躁進，情慾上苟合的草率，拜物則是一種無底的深淵，這一切總是使她一直在渴望得到，而得到的又不是她實際上所要的，于是癮便越發的陷溺得更深。這樣的循環着，循環着，周而復始，無有了期……。而她在這徒勞的圓環上，一路拉扯着更多不真實的東西，為她虛榮的恥辱去遮羞，蠟上鍍銀，乃至壞到僅僅只是漆銀，塗銀，人是很糟，很懊喪的因循下去。這是會使一個人心勞日拙的崩潰或萎縮了的，但是她有絕頂的聰明，在可以預見的未來，她是仍然可以裕如一段時候。就是這麼一個一直以暫且來和人生周旋的靈魂！

你如何能推辭得掉這不是我們的社會縮影！而且由來已久，不是始自今日，可以遠溯到一八四二年兩個帝國簽訂的南京條約罷。我是不十分懂得的。

有一段時間，我彷彿中了甚麼邪，每逢校車行經酒吧的市街，或者那個溫泉鄉的坡道，憑車閒眺着那些成雙成對的國際貿易者，我便害怕起來，而且一面害怕，一面又想能發現到那個長長的褐髮女郎。說不出我是害怕證實勝過獲得證實，抑或希望證實勝過害怕證實。多麼徒勞！

或者根本沒有那樣的事體；或者憑她那樣狡黠，絕不會在她兩個世界所相共的空間的這個大城裏輕易現形；或者你得相信她是一隻狐，或一條變色蜥蜴；即使近在眼前，仍然一條尺蠖只是一根小小的枝子，嫩的嫩綠，老的土灰，你信得過你的視覺嗎？

果真她是被漩渦在那個周而復始，無有了期的徒勞的圓環裏頭，而能藉着你的〈一個世界的誕生〉，超度她滑出輪迴，那你又何苦一定要去追溯她的前生前世那些孽障呢？顯然你犯了很嚴重的錯誤，以藝術作為教化工具！

而果真她是裝乖，你又何不當作真乖？你並無貪圖，她又是聲聲的懂得，這已夠了。初初的改變何嘗不是近乎一種喬裝呢？能夠就此裝乖下去，久了之後，豈不一樣的積假成真！

然而以這些來遊說樂維君，是很難說服她的。一向她是誠懇待人，也是讓人誠懇待她慣了的，其實羅元即使在弄假，對她也並無損害，但她仍然感到不堪容忍，我是笑她死心眼兒，近乎食古不化。「那有甚麼辦法呢？沒有誰肯拿一張熱臉，去貼人家冷屁股……」

「不過，凡是美德，總是盡其在我的。」我又能拿甚麼來勸說呢？她惱羅元的主因，恐怕就是那種喬裝了。

羅元絕不是不懂得。她第一次走進我們家裏，就立刻被一種說不出的甚麼氣氛給溶解了，她自己也不知所以，只感到無比的親切。「有生以來，我沒有過那樣一無顧礙。我不是那樣的；生人面前我根本說不出話來。可是那天在老師家裏，真奇怪，我不知道有多少話要說……」她說她對那天她的行徑，她自己都感到驚異。「我一直不解，總想找出一個答案。後來我才發現，你們兩人待人好真誠。那是你們的魔力，讓人只要一面，就能把所有人與人之間的防線統統撤除了……」

跟樂維君轉達羅元的這種感覺，不知為甚麼，總好像要代羅元求情或開脫似的感到一種心虛。我不很想在中間轉達這些。然而如果能藉此促進兩者間的諒解，我仍願冒着可能被樂維君誤會的顧忌，讓羅元多得到一個人好待她。

「你能相信她在生人面前說不出話來？大約只有你肯相信。我就是不樂意她這樣由着一張嘴說謊。」

這可真是所謂的求全之毀了。

我也並不是很容易受人矇騙的，自然我有事實為據。不必說甚麼陌生人，只要是人多一些的場合，她總是很少說話，靜靜的守着一隅。她不是林安娜那種喳喳呼呼的老要惹人注意。

當然，我也可以料定，樂維君必定又是那句話：「她還不是憑着那套不動聲色的本領！愈是那樣才愈使人注意。」照這麼說，羅元的道行自然比林安娜高得太多了。

「你別以為她主動的跟你講過去的那些醜事，是出于真誠；那你就慘了。」

我不能說樂維君城府太深。但她有偏見；沒有一個女人能夠無視于跟自己丈夫接近的女孩。樂維君的氣度已經是少見的恢宏了，然而尚且如此！

當然我不會傻得認為一個女孩會為了真誠而寫盧騷懺悔錄。有幾個女孩會重視和具有真誠的美德，能像重視一顆扣花那麼熱切呢？把所有的美德和扣花放在一起，給一個小女孩抓周，你可以發現並證實，伊甸園的夏娃確是女人的始祖。

「不管怎麼說，」我給樂維君有一個近乎保證的誓願，絕無謊意，因為我自己也把那個作為了努力目標。「我有我的意志。就算像郭頌說得那麼損的，她是個花癡；那我如果能夠使她發現，並非所有的男人都經不住她溶化，對她未始不是一種拯救。只這一點就夠了。」

我之所以必須努力，實在我是對羅元感有恐懼和困惑。

當然我要承認，羅元，確是那樣靜靜的，不動聲色的，給你一種催眠術的蠱惑。而不可抵擋却又必須抵擋，多麼艱難的堅貞！雖然一個屢經臨牀實驗似已肯定了的婚外闇者，用不着必待爬到五十歲上才知天命，也算是得天獨厚，然而仍是懈怠不得的；公算雖小，並不就等于零。另者，我需要更多的去了解羅元。而在了解上，最大和最難克服的障礙，不在她把她那個輕易碰不得的世界掩藏在背後，而是這個社會對于像我這種聖賢一般的人物，所給予的種種偏心的制裁。如果江樵，或者小傅，又或者我的妻族中愛那種調調的大丈夫們，出現在某種場所，那是被這個社會批准了的，發給執照了的，好像公娼一樣的受到營業保障。而我則萬萬不可；乖與不乖，屬于核准的兩種不同的行業，你不可以撈過界。雖然你並沒有刻意的非要不乖不可，但你仍不被允許保留不乖的權利。有一天，若是有人傳說親眼看見秦星和 WY 如何如何，不必像從溫泉旅館出來那麼嚴重，而這個社會，必會像古猶太對付通姦的婦人一樣，用石頭——比石頭還鈍重的可以鑠金的眾口，把我活活的砸死。

這已非我自視如何，去他媽的聖賢，我曾屢次衝着樂維君取笑我自己的德性。但是這個社會偏愛把一個婚外闇者封為聖賢；或者說，這個社會除了用聖賢來閹割你，別無良策。

同時，可悲的是，自詡為不承認這個社會的一些藝術家們，一般的也是用闍你的那種目光來看你，我太知道這些了；我和樂維君和羅元，三個人一走進石濤畫廊，我便遭到那種目光，一雙又一雙的那種目光。三人行裏還有樂維君在呢，尚且如此，否則你怎堪設想！

「嗐，主人遲到！」不止一張口這麼迎上來。

甚麼主人！不過是為了推崇一位年輕的畫家，何文瑜的個展，由我和幾位朋友在請柬上署名而已。

不是我敏感，他們的意思決不止「嗐，主人遲到！」這個表面上的語意。語氣和目光，和另一些你只能領會而言傳不出的感覺，使你十分懂得你使他們不快了。

有樂維君在，我想我是可以索性一些。我不要這個社會批准我的行為，有樂維君的諒解，和我對樂維君的負責，這就使我有十分充分的理由了。

你幾乎不能相信，在這麼一個首創的配合畫展的談話會上，與會的盡是所謂前衛派的畫家、詩人、小說家、作曲家和戲劇家，而你却需要這樣猥瑣的關心着你的行為之被人不快。

但是，當你意識到那些曖昧的目光，毋寧說是意慾取你的位置而代之的一種覬覦，這樣，反而對你成為鼓勵，使你氣壯起來。

三個人先看了一陣畫，我是存心的一邊一個攬着她們倆。在羅元來我們家晚餐，約同一起參加這個談話會之前，我已大致的跟她們倆介紹了這個畫展的內容和作者。談話中間，我已發覺出羅元是含有極大的偏見了。雖然在理論上，她是顯出一種邏輯的判斷力，仍不免使你感到那是屬于另成一局的偏鋒。這樣，以至我有些懷疑，同代的畫家——甚至包含文學家等等，總是潛意識裏互不相容的，一如有一句老話所謂的：文人相輕，自古皆然。由是而默默回顧我自己的經驗，用來求證這種心理可否成立。

不止是今天的這個畫展；對于年輕朋友的一些新作，哪怕是嘗試而距離成熟還太遠的作品，往往僅只在驅色或筆觸的略有突出，便足可使人由衷的激賞，甚或過分得轉而要去師法他們一二。即使發現到一些差敗或生澀，也不很在意。總之，我們是樂見一代比一代更強盛起來，沒有上一代的學院派老朽們對于我們的阻擋、打擊、恨不能踩我們在脚底下，永遠不准抬頭的那種病態心理。即使對于我們同代的畫家們——我是一個個的去數着，用來檢驗我自己的對待態度。我數着，一個個的數下來，有一種愉悅，使我對于自己的胸襟氣度至感滿意。由而意識到一個藝術家之能否偉大，能否成為一代宗師，關乎生命的根底實在太重要了。

然而這樣滿意的一路數下來，數到江樵，我不能不暫時停下來；先是直感的心虛，繼而虛心的認真分析起來……。而結論似乎可以這麼說，高過你或低于你者，相去愈遠，愈是產生較高的敬服或更深的關愛。然而不相上下者，却適足以構成相輕，甚至嚴重到敵對的地步。不過，這一切仍是要界定在同代同輩之中罷。

果然我沒有判斷錯。羅元有挑剔，也有讚揚；而在分量上，態度上，挑剔和讚揚這兩者便不成為比例了。也許她並不自覺，只是受潛意識所驅而已。

同時，也正如我所認為的，她是有相當的判斷力在儲備着，並非信口月旦或者牽強的尋疵。首先她指出〈豐收〉和〈青春〉兩幅作品中，對于金色和綠色的驅用，「是不是太重視、太遷就了通俗趣味和傳統的共通性？——要是我用蠻狠的黑色來表現，你兩位老師會給我甚麼樣的評斷？」

在我尚未整理出意見之前，樂維君那分厚道的宅心，使她緘默不下去。她用一種遲疑的，不至給人尷尬的商略語氣說：「可能作者有心要把這一個集團的作品——」她用環視的目光，指出這一排二十幾幅作品。「在調子上求其統一，不想過于大意，以至反覆無常。你認為呢？」她仰過臉來問我。

在我看來，作者確有那種企圖；問題是在這個企圖有否意義。用拓印和水墨手法，來表現被重重理性覆蓋着的一種野性的激盪，而一面又用較高的調子來對沖——或者說是反抗——拓印和水墨本身的深濁與重壓感。這樣，與其說是集團的統一，倒不如認為是企圖把形式和內容，或者表現和表達，求得統一……。

我跟她們說了這些。

然而內心裏，似乎我更同意一些羅元的見地。雖然那總嫌有些偏鋒。而我想，一個試圖開創新路的年輕的畫家，只要生命內涵夠得上某種程度的成熟和實在，而又不至流于純理性的機械實驗，或者出于發洩式的縱情，除此之外，我倒是寧願他們在表現上失諸偏鋒，也不必瞻前顧後的斤斤于所謂的持重和持中。創和闖唯一不同之處，不是在于一讀去聲，一讀上聲麼？雖然我們是堅持着中國藝術精神的中和與溫厚。正如我們一面力主在這個物質文明極度猖狂的動盪時代，唯一能超度人類歸位和引升的，只有中國獨特的純熟、完整、智慧的哲學思想，而同時我們却又堅決的把「國畫」歸檔于歷史，還是一種必然的進化衍續，決非老朽的學院派所視為的兩體對立。

便是因此之故——可能是罷，常時我們被責難着，對待年輕一代的關切，縱情，我們被誣為太過討好和寵愛，似乎大有統戰之嫌，而被責難着慣壞了他們。

也許對于後起者，我們的期望太熱切，我只能這麼說。

然而對于羅元的那些判斷，縱使我激賞得不得了，也只有留待以後再單獨的和她談談，守着樂維君，儘管她有多開明，我想，我還是保留一些的好。反正也不難找出她們倆兩不見罪的——事實沒有那麼嚴重——我的另一個意見。

「對于傳統的共通性，遷就或者決絕，都不會是絕對的要求罷。」我說：「就像這裏二十多幅作品，懸在這兒並不感到怎樣；可是等你想到那是先後兩年多的出品，那——是否必定要在調子上要求統一，那就不會是絕對的了，是不是？」

我徵詢樂維君的意見，然後跟這一邊的羅元說：「妳所謂的黑色，我想……」我真的要想一想。「可能那會是一種反抗；屬于任性，縱慾，仍舊顯示出是被現代物質觀所奴役，弄得焦躁不安。太外表了是不是，太急于報復了，並未能超脫，從西方新藝術不斷的一再轉向，好像蒼蠅撞在玻璃窗上，可以說明所有的報復，都成了徒勞，也招架不了。或者說，只有破壞意義。如果不以老莊和禪學的內省精神——在整個焦躁不安的世界裏，中國的藝術精神，唯一不受近代因子染色的靜觀藝術，如果不以這個來進行藝術建造，恐怕再沒有甚麼好的出路了……」

當然，除此之外，還是要安撫羅元一些，並且和樂維君有所商略。譬如金色和綠色的驅使，多少要顧慮到是否會犯了直敘的毛病，限制了主題的厚度和發揮等等。然而，一面我却滑稽的想到，縱橫捭闔于妻妾之間，或者並非想像中的那麼難堪。不幸的是——余生也晚罷。那個獨惠于男性的世代，可以繁衍綿延數千年，上萬年也說不定，唯獨告終于我們這一代。逝矣，那樣的年代！挺不夠莊重的一種感傷。

談話會開始。畫廊主人為這個首創聚會——我們戲稱它是新藝術合體，特意安排了似茶會又似酒會的這個精緻的小規模場面，一番盛情着實叫人奮昂。

事先我們已經決定既不要推選甚麼討厭的主席來主持，更不來甚麼致詞，以及場面上酬酢性的發言等令人發膩而不真實的形式。大家就這麼隨便的坐下來，隨便的談談，只不過由郭頌說明了一下，我們需要真實，尤其希望聽聽各位文學家、音樂家、戲劇家、舞蹈家們對于現代繪畫的真誠的意見。

「要意見，就只有非常外行的意見呦！」緊接着郭頌一番說明，年輕的作曲家魯錦半帶打趣的說。

「就是就是。」好幾位畫友應着。

「就像對你們的現代音樂一樣，」我說：「上次參加你們的發表會，老實說，我也是接受不了你們那種不和諧的現代音樂。像那個小提琴四重奏，叫人感到身上發燒。那是誰——」一時我想不起那個名子，「那個胖子……張甚麼啦？……」人的記憶就會這樣無來由的拋錨。事實上這和一些開始接近限齡的收音機一樣，不需你去檢查修理，敲子上拍一下，就康復了。有時連這一下也不用拍，過一會兒沒人理它，一樣的重又自說自話起來。倒是羅元低低的提示我一下，立刻使我記憶不該想不起來的名子。

然而名子不名子的，並不重要，總之那個四重奏，除了叫我身上發燒，毛躁，在視覺上，這個在那裏跳弓，那個在那裏連弓，互相杯葛的彆扭着，彷彿黑夜裏突的一開燈，發現幾隻蟑螂聚在一起偷吃甚麼，觸鬚亂動着，就是那個樣子。

「很抱歉，」我說：「對于你們現代音樂，我只接受了這麼一點點，說不出口，好像搶先把你們糟蹋一下。不過，這是再也真誠不過的老實話。希望你們對于現代畫也提出真誠的意見，哪怕也來糟蹋一番。我想，各種型式的藝術，總是有最太極的相通之處的……」

「而且外行，可能愈甚麼。內行反而陷于主觀的肯定，缺乏自覺。」郭頌接過去說。

「那就恕我直言了——」

魯錦搓着手，不大好意思却又覺得很有意思的笑笑。他說他跟這個畫展的作者——何文瑜，同是藝術系的同學，又同過兩年的宿舍，對作者的思想情感，以至性格，愛好，藝術上的傾向等等，多少是知道一些，所以在欣賞他的作品時，似乎會能感受到多一些，不至于只領受到蟑螂聚餐的那麼一點點。然而問題來了，欣賞現代畫是否要這樣，需要跟作者共過一個宿舍一年兩年呢？可能那是辦不到的事，也不大說得通……

在我趣味的傾聽魯錦這些所謂直言的時候，我感覺到樂維君攀在我肩上的手，似有一種暗示的捏了捏我。

回到臉來，她的下巴本是擱在我的肩上，便很方便于耳語的細聲告訴了我，「知道嗎？羅元也跟他有過。」

我用眼睛問了她，羅元跟誰有過。

「魯錦就是因為她，才跟太太離婚了，到現在還是孑然一身……」

為了不要讓羅元疑心我們嘀咕了甚麼，我喬裝着繼續在旁聽魯錦的談話，以及劉哲藉着音樂問題的反問，我只聽見一些殘斷，劉哲問他在欣賞現代音樂之前，是否需要那樣的準備，對作者，對樂曲的構成等，先作一番了解……我沒有集中注意力去聽這些，心中只管惦記着似的老在想着，他們倆有過怎樣的程度呢？此刻他倆心裏怎樣的感覺呢？……我轉過臉來，去看那邊壁上的一幅畫，這樣我是可以輕易的用眼睛的餘光落在羅元的側臉上。我是急需要知道羅元會有甚麼樣的反應。

對于他倆會有甚麼樣的事，你將有些疑心起來。她是那麼平靜的專注着魯錦的侃侃而談。真是平靜無事的樣子，彷彿找不出一點點波紋的一片湖面。那裏該反映着甚麼樣的倒影，便是甚麼樣的倒影，全不因為有一點點的波動而把倒影變了形。那就是說，她和她左邊的兩個女孩傾聽的神情，硬是尋覓不出甚麼異樣。

她會喬裝得那麼無懈可擊麼？我仍然懷疑那些流言。

「妳以為？」我找着她問，認真的注視着她。

「恐怕又要扯到老問題上。」她沉吟了一下說。「你等着看罷，藝術的意義啦，實用啦，功利啦，甚麼甚麼的，就會慢慢的湮過來。」

我讓我自己現出雖然仍在注視她，却已成為一種失神的凝視，好像我在思索她的話，在內省着甚麼。而實際上，我的確是在思索，只是我並非思索這些，我想到方才和樂維君，和她，一起進來的時候，果真魯錦和她有過甚麼，會使魯錦怎麼想，怎麼樣的觸動，會對我採取一種甚麼樣的目光——我想到目部的那些字眼，那該是瞪？瞋？盱？眙？眷？睽？矍？……若是手邊有部辭典，找得出多少字來，便能供我推測出魯錦會有多少種可能的心緒，那會怪有意思的。

來回望着羅元和魯錦，老是不由人的注視到他們倆的嘴唇，我是很賤的，又很妬的編排着一些不快的想像……

會場的那邊發生了爭執，關于藝術本質和境界的貴族性，和藝術與人生的一些不會得出甚麼結論的爭執。而且看來這爭執不是產生在繪畫與其他藝術之間，却是我們這些繪畫的朋友自己爭論起來。當然那是可以想見的，恰如羅元方才的預測，一碰到意義之類的問題，必然要觸發許多似無謂又似真理的辯論，一種永遠不分勝負的拔河。

我看，大家還是很熱心，都不很自覺的把自己的座椅往前挪動，往半邊密集過去，參加爭辯的，湊熱鬧的，甚至加油的……

發覺羅元的眉宇間有很明顯的憎厭，這叫我有些心虛；由我做發起人之一的這個談話會，既然使她感覺不滿，彷彿就該由我負責和抱歉。我是心虛的把話題轉到別的上面，談起龐圖運動的主張陳義過高，以至創作跟不上去，從而談到東方的靜觀，又不知怎的扯到天才的殞滅，我跟她談起周南南，寒星，林安娜。會場這半邊，人是漸漸的少去，好像陣雨過後乍晴，這半邊地勢略高，積水都慢慢的流向那半邊去，只剩下我和羅元單獨談我們的。我望着被希禮遮住半邊身子的樂維君的背影，身邊沒有她，心上莫名其妙的好似卸掉家累。從來我都不曾有所預謀的跟羅元單獨約會，大約便是這個緣故。然而愚拙透了，像這樣子的感到令人着惱的快意，這算甚麼呢？去他的鬼罷，我不該是那種人的。

跟羅元談及林安娜，談她的才情和後來圖謀不軌的婚姻，本來沒有甚麼，即使談到她的暴露狂和她的成長環境，也無不可，的確，沒有甚麼要避開樂維君來和羅元談的。樂維君不是那種無可理喻的女人，甚至林安娜那兩次可怕的挑戰，守着樂維君的面，都曾跟和她要好得要命的岳淑貞談過——雖然只是一些梗概——而她從不在乎，甚至還在一旁不時補充一些在我看來不宜與外人道的細節。然而我曉得，唯獨跟羅元談起這些，她會不以為然的。其實有甚麼呢？「你頂好還是少惹她」。僅此而已。女人畢竟仍是不可理喻的，僅是程度上的差異。所以牀笫枕席之間，不是講理的地方。

從我講得嚴肅，和她聽得嚴肅這種情形來說，良心上我是毫不愧對樂維君的，的確，即使談到那個中午，沒有內襯的紅牛仔褲，以及飯店的廝纏，我們是十分坦然的交談着，彼此沒有隱藏甚麼偷偷的心理；這從她認真和誠懇的神情，和她對于林安娜的同情與對林安娜心理變化的推測，在在都顯示了這種交談，毋寧太冷靜，太學術了，哪裏有甚麼不可見人的呢？除非被樂維君硬要作另外的解釋，「你那是分明在暗示……」如若偏作這樣的解釋，當然，縱有一千張嘴，也辯它不清了。

「會有這麼多人不幸！」她說。

聽來，那似乎是有所感慨而發的。

「在我覺得，」她是有些沉重的樣子。「能夠一眼看得出來的不幸，總歸不是最大的不幸。」

「似乎是罷。而且，不光是不幸；幸與不幸可能都是一樣。」

想到樂維君和我，被朋友公認不知有多幸福的一對，弄得我們自己也困惑起來。不是我們懷疑自己是否真的幸福，而是一點也不懂得朋友們究竟憑藉着甚麼來認為我們是少見的幸福的一對。不管在家在外，我們一點也不曾使人一眼就看出來彼此如何的相愛，相敬，或者如何的體貼侍候。確實我們不曾像一些朋友，雙雙的攬着，摟着，不曉得有多愛戀的膩在一起，一時一刻也分不開似的。可是我們倆從不曾那樣過，哪怕是挎着腕子走在一起也很少有，幾乎各行其事，誰都不管誰，這都應該使人懷疑到我們是否相愛才對的。

「不會。」她說得很肯定。「大概所謂的形式和表現，不同之處就在這裏。」

然後她說：「真好笑，還記得我好替你們倆不平罷？第一次到你們家去過之後，我說過，你們為甚麼要這麼窮！我的意思當然是說，我們這個社會太可惡，太薄待了藝術家……」

「是很窮。」我自嘲的說。

「才不呢。從你們那兒，我才慢慢的懂得貧富的意義，也愈是覺得自己好淺薄。」

她噘着小得近乎畸形的嘴唇，說不出對她自己有多厭棄。然而她的靈魂會這樣的就獲救了麼？不可信的。但她確是真誠得使你無可懷疑，我深知，只有像我這樣面對着她，從她每一細微的表現，所有她的形容，那一雙明麗的瞳子裏透出的心靈的脈息，我是深信着不可能有甚麼虛假蒙得住我。可是讓我轉述這樣的光景給任何人，可以斷言沒有誰肯接受。我會被視作一個不更事的傻子。人是這樣的固執于既存的概念麼？好像若不固執下去，便等于低頭認錯一般的難堪。對的，我們很擅長去肯定一個無可救藥的對象，然後既可很省事的摒棄他，又可以用這樣充分的理由自求心安。

那末為着對抗這種固執，我也必須勇敢起來。

「妳提起這個，我倒想起最近我的一點領悟；一個藝術家對于他所處身的現實社會，本來就是一塊廢料。要等到這個社會把時間當作手杖，拄着它慢慢跟上來。說不定要經過幾世幾劫，慢慢的接受了你，開始厚待你，為你舉辦百年祭，就在那一天，你的銅像揭幕，你的紀念館破土，用你的名子命名的馬路通車了，你那間付不出房租的舊居成為觀光勝地，人類永遠是這樣追封他們的英雄的。」

我們兩個是化外于那一片爭辯，閒扯起這些個來，兩個人都開心的笑着。

「也許有過那麼一天晚上，守着一盞孤燈，」她看了一眼身旁陳列着酒和茶點的矮几上，為着氣氛或情調而點在那裏的白燭。「賈寶玉跟史湘雲餓着肚子，像我們現在這樣，笑談身後千年百年的事。」

然而她急忙的嚴肅起來，「不過從手抄本演進到今天，整個人類從新的傳播工具上親眼看到了人的脚踏到月亮上，曹雪芹時代的悲劇實在不應該再存在了。」

「可任何一個社會，並不是為着應不應該才存在。一個藝術家才是負起應不應該的責任的。」

她沉思一下，抱歉的笑着說：「你要原諒我，其實也不一定就是急功好利。既然人是受到時間支配的，藝術家也大可不必迂闊，一樣的可以運用空間來征服這個社會。不是有很多的藝術家都是先在國際上得到肯定，才受到自己的國民尊崇嗎？」

「大概只有我們這個社會。」我說：「畢卡索，蕭伯納，可都沒有挾外人以自重，只有我們這個崇洋成性的社會，才會這麼愚昧。」

「其實我的意思也並不是只圖社會待遇，讓藝術家活着的時候，就能享有到應該得到的榮譽；我只是說，藝術家能被當代接受，不也是幫助這個社會丟掉那根手杖，很快的跟上來嗎？」

我笑了，「妳是聰明人，也愚昧起來。丟掉那根手杖，又拾起這根手杖，還不是一樣！而且牽涉到實用主義上面去了是不是？」

「我知道你的；你已達到無需外求的境界了。可是有幾個人能像你呢？」她說這樣的話，未必就是恭維；但我這個人就是這樣，聽來仍像受到恭維一樣，不禁感到一種快意和尷尬，莫名其妙的避開她眼睛。

「老師，你會不會覺得——我跟那位林安娜有些地方很相像？」

憑空她問起了這個，我不解的望着她，一時猜不出她是甚麼用意。是我避開她眼睛，讓她發現了我的微窘，要沖淡一下那些兒僵嗎？未免太體貼入微，近乎折磨人，並且近乎神奇了。或者對于所謂的無需外求的境界，她是要藉着林安娜給我一些甚麼諷嘲或暗示？會嗎？我是猜不透。

「恐怕……」我有些遲疑。「不如說妳有些地方很像周南南和寒星。」

她看着我，看得很深。我不見怪。她似乎慣于——或者說，長于那樣的看人。好像人體寫生時要看進人的骨骼結構那樣。

「你不是自始至終都沒有見過寒星？——不對，你是根本就不知道她是甚麼樣的女孩子。」

「還是不對。」我說。

「我知道了——你的想像。」

「所以第一次看到妳——我也開始不對了，應該說，在那家古玩店……」

「是我美容之後，你第一次看到我。」她用手在臉前虛試了一下，糾正我說。

想不到她却不隱諱動過整容手術的事。原以為那是她碰不得的部分。

我點點頭，同意了她的。「總之，那一眼，使我疑心妳是長大了的周南南。真的，妳那樣老師老師的喊着，我不敢認。不過我心裏一直在想的——不是想起妳叫甚麼名子，妳能猜當時我在想些甚麼？」

「嗯……」隨便說說的，她倒認真的尋思起來。「我猜，你大概在計算周南南應該幾歲了。」

不由得我不驚異。「妳太鬼了！」真叫人驚異的喪氣。然而我是更相信把魅力解釋作「善解人意」的了。當然，她那樣的和你一經接觸，就一下鍥入你的世界，已不是始自今日。

「那你不是太注重外形了嗎？」

這半天，她第一次吃茶點，捻起一塊不比鈕扣大多少的那種蜂蜜餅乾，彷彿一點食慾也沒有，咬在小門牙中間慢慢的齧着。

「這麼說，好像妳認定了要像林安娜了。」

「我好奇怪，你會一點聯想也沒有。」

「不是一回事。」我肯定的說。

「那就好。」她現出放心的樣子。「不過在沒有母親這一點上，我們是很像的；而且我比她的情形更壞。」

羅元的身世，我們一無所知，雖然不一定是她故作神祕，但她向來總是隻字不提，似乎也沒有人追究過，就是胡雲，乃至小傅那個情報販子，也從沒有提到過羅元的身世。她沒有母親，這還是頭一回知道。

「人的情感真不值得，太靠不住了。」她說：「很遺憾，我知道得太早。我不該知道的那麼早。我總覺得，知道的那麼早比我那麼早就失去母親還要不幸……」

她低垂眼睛，噘着嘴唇，不知在埋怨誰。她誰也不看，那樣子不如說更像是埋怨她自己。

我能夠寄予甚麼樣的同情呢？既是很早喪母，親情上的慟傷恐怕早已不復存在了。使她如此低迴的當不是對于亡母的哀悼罷？

「那時候還很小？」我問。

「也不。」她笑起來。那是很空乏的笑，眉心深深的鎖緊着。

猶在繼續中的爭辯，對于我們這邊彷彿並不存在，有古典的燭影在她紙白紙白的腮頰上搖動，依稀聽着更漏細細的數落，燈下，似乎被遺落的這一角裏，最是人軟弱而有無盡吐訴的時刻罷？她的背後，正是一幅仿古拓印的竹白調子的畫，一片褪色的剝落，彷彿她要跟你吐訴的，也就是那些顏色。

「十三歲，不算小了罷？」

「最叛逆的年齡。」我說。「不過，比起周南南，還是大得多。」

「要是周南南那麼小，也許好些。不過我倒寧可我的母親私奔了，那我爸爸就不用對我抱歉，甚至于理虧得到現在也不敢拿正眼看我。」

「妳就這麼專橫——對妳父母之間的愛情！」

「你不知道他們有多相愛！」她好着急的說。好似一面着急不知怎麼樣才能形容那種銘心鏤骨的愛情，一面着急你不能立時領會得到世間曾有那樣的一對愛侶。結果她只有狠狠的加強語氣，很徒然的發狠着：「你真不知道他們愛得有多深！有多要命！」她說。「絕對不是因為他們是我的父母，我才這麼說；就像人都把自己母親說成天上有，地下無的那樣；絕對不是，真的，他們愛得太深了……」

好像一個語言表達能力很差的人，詞彙只有那一點，便用一再一再的重複，着力的向你傾倒。

「可是你知道，母親下葬不到一星期，我現在這個母親就進門了——雖然三個月之後他們才行婚禮，但已經夠了。你怎麼能相信呢？」

的確，我心裏想着，那的確太叫一個十三歲的孩子痛感幻滅。「也許並不像妳想的那麼單純，妳父親會有理由的。」

「可是分明這是情感，跟理性無關。」

「不然，」我繼經思考過這個問題。「沒有理性的愛，不是真愛。當然並不一定指妳的父親來說。我想過，如果有一天我失去樂維君，不管甚麼一種情況，沒有理由阻止我去愛另一個女人。妳父親沒有錯。」

「這些話，恐怕說服不了我。」

「道理很簡單；照妳說來，似乎妳父親如果能持久一些，一年，兩年，三年，或者更久一些再續弦，就可以被妳寬恕了。那妳欺騙誰呢？那不是等于說，讓一個屍體氧化愈久，情感上就愈減輕了負擔？三個月和三年，就分別在這一面嗎？」

「那這樣，就更說服不了我。」她是無可奈何的笑着，把兩道吊梢眉笑平了。「你總得承認，情感是慢慢冷却的，時間在情感上是有意義的。」

「也許問題是在妳母親不該正當妳那個年齡死去。假使早一些，妳還不懂苛求；晚一些，妳又可以體諒妳的父親了——譬如現在，妳就懂得給父親買生日禮物——」

「是啊，所以三年跟三個月還是有分別的。」

她笑得十分開心，為了她這麼調皮的狡辯，把時間混扯了一下。

「所以你也不用為着那些所謂天才惋惜了。」她說。「真的，並不是認命，你不覺得，分配給女人的天才，根本就是少得等于零。難得鳳毛麟角的一兩個天才，也還是成不了大器。」

「妳這不是認命，是甚麼！我不樂意女人拿父系社會的病象給自己做藉口。妳也在那兒打算從藝術上退却了？——不可以這樣自暴自棄。」

我舉出一些知名的女畫家，Nuzanne Valadon, Marie Laurencin，還不夠大器嗎？還有蕭勤的義大利太太 Pizzo，龐圖國際藝術運動的發起人之一，還有西班牙的 Ferrer，不夠傑出嗎？我強調着，近代的女性已從男性專權下漸漸掙脫出來了。

「可是按比例看，仍舊好像是給婦女的保障名額……」

她還不曾跟我顯露過這樣的神態——說着說着，嘴唇翹得薄薄的，小小的鼻孔看得出來的近乎緊張的張歙着。真的，儘管那麼多她的傳聞，對我，一直她都是端莊得讓你懷疑那些傳聞只是種種惡意的中傷。然而，來了，她是這樣使你不可抵擋的嬌癡起來。

我避過臉去，努力分心的冷冷自己。我懂得了；那只是一星星的閃亮，或者只是她無心的一點洩漏，便足以使人戰慄，我懂得瀟灑如魯錦者，為何也被她荼毒到那般地步——如果那個傳聞是可信實的話。

也許該是我信實的時候了。

然而一面我仍然在恍惚着……

樂維君沒有給我過這樣的魅惑，林安娜也不曾這樣，即使在那種時候，盡她們所能的妖冶，不行，完全不是羅元這種並非刻意的一種情不自禁。她是這樣閒閒的走來；而她這種信步的透露，只不過是從她深幽莫測的迷宮裏飄送來的一些環珮的餘韻而已。她將會給我——極可能是獨厚于我的甚麼呢？將會給我的是何等可期的未知！我信，我願，我將稱頌那是一種至美……

我十分肯定她將要給我的，必然不是她所曾給過別人的那些。

從至美，我樂意她會給我一個完全周南南的那麼一個女兒，美得全然無疵。我們將不是如我和樂維君那樣，規律得經不住日常的平庸所腐蝕，也不是如我和林安娜那樣純慾的倉促；我會使她好起來，不再讓她旋轉在苟合的草率那種輪迴循環裏徒勞下去，我將十分可信的，真正的，完成我的拯救……

然而那會很好嗎？她的美，所謂至美，可以從血液或染色體遺傳下去嗎？這一代可悲的文明的美啊！

我不得不竭力去醜化那些傳聞，直接拿一眼就看得到那邊的魯錦，想像着他們曾經追逐的淫亂和敗壞，用那些來給自己製造憎恨，厭惡，來冷却着自己的一時心熱。

可你是一個男人，你是太般配去享有那種至美了，你太有權利得到那些，而且，她太可能獨獨對你是十分真誠的。你的迂闊和懦弱，將使你成不了大器。一個大藝術家應該被獨免那種服膺一般道德規範的義務的。妥斯妥以夫斯基強姦少女的敗行，一點也無損于他的偉大……

雖然對羅元的抗力，由于反面理由的堅硬，而相對的薄弱下來……

「老師在想甚麼？」她用手按着我放在沙發扶手上的手，瀏海下面那一對描着眼線的眼睛，分明已說着那答案。

「關于妳的。」可能我是現出一些着慌。我抑制着自己。

她的手在和我言語着，不可以不聽的語言。我是惶亂的去尋樂維君，發現她不在了，她的椅子空在那兒。

「不要；真不值得你為我想那些問題。」但這是和她的手語的語意似乎不相合的。

「你在找師母？」她問。「方才上樓了，好像是跟畫廊主人上去的。」

不管怎樣，我總有些心虛罷。「我們要不要上去看看？」

「是你喜歡狗，還是她喜歡？」

我被她問得愣住。

「好像畫廊主人要送你們一條北京狗。」她說。

她怎麼人坐在這裏，甚麼她都知道？

也許我真的被她恍惚了，樂維君離去我都不知道。

那邊的人喊我過去做結論，真是開玩笑。「鬼的結論！」我回過去。然而依稀一個靈感似的東西，走我腦際飛過。羅元的手拿開，我走過去。我是從不相信，也從沒有過甚麼鬼的靈感。

「我們在談一個問題，」我說。「也許需要你們來做結論。我們在討論，妥斯妥以夫斯基是因為強姦過一個少女，後來才那麼偉大；還是後來的偉大，蓋過他強姦少女的罪過？」

有幾個朋友起鬨的笑起來。

「在座有好多位文學家朋友，」我接着說。「不過文學跟藝術，在這種問題上是完全相通的。尤其是現代的文學家，根本就是藝術家……」

本來這是無需爭論的，很明顯的層次。但是大家胡鬧起來，有人主張待罪立功，比較上算，能否偉大是以後的事情。有人則認為，還是先獲得青天白日勳章，然後再去觸犯死刑，有保障得多。而反對的一派却主張，及時行樂，儘早作惡，等到像川端康成那麼一大把年紀了，還有甚麼罪可犯呢？荷爾蒙已經枯槁了……

走出畫廊，街道上行人和車輛已很稀少。原來這個大城市的這個地帶，這麼早就就寢了。臨分手時，羅元先攔到一輛計程車，車門已然打開，她又跑過來，兩隻手緊緊的握住我，像個孩子：

「太感激你了，老師，你用妥斯妥以夫斯基來激勵我。」

「沒有的事……」

「可是我太感激。」

「妳不該有那樣的過失感。誰有權責備妳！」

她冷了冷，招着手，趕過去上了計程車。

有些悵然，望着她像裝進一口箱子似的拱進車子裏去。我的眼睛一點也不曾放過，那發光的皮裙勾勒的臀線，那隻留在最後才收進去的光腿，我默默的注視着。有一瞬間，光得那樣長的白腿，彷彿無機能的停放在那兒一動不動。街樹的葉影落在那上面，一如我的眼睛那樣的抓住那個瞬間，葉影在那上面急驟的騷亂着。車子打我們前面馳過，她伏在車窗上，手臂伸出來，像要拉住我們似的熱烈的揮着，喊着再見。

一下子把我的甚麼都載去了的感覺，連同我的夢——因為我立刻醒了。

為何身旁的樂維君沒有跟她回一聲再見，我轉回身來看她。

「可以了罷，」樂維君低聲的說。街燈照出她一張板硬的臉。「該到此為止了。」我是好急降的消冷下來。

迎面掃過來一股掃街的寒風，我抓緊風衣領口，不覺慄然的冷她一眼。彼此一一的分手；本不是甚麼可珍惜的聚會，但是心上一片冷和空虛。彷彿一場盛大的音樂會散場了，肌膚而至于肺腑盈盈的浸透着那種蒼涼的激情。樂韻猶在，而一片難堪的蕭索，已經情景全非。

她和別人一一招呼再見，依然是她樂維君那種特有的清脆潤悅如風搖曳的音樂，依然是她那副笑容，只不過獨獨的用另一種臉色對我。

在車座裏坐定下來，很明顯的她是默默的躲着你，極力向車座的另一頭靠過去，兩個人中間留出一個空白地帶。真是孩子氣透了。

「怎麼說，凌老闆要送我們北京狗？」

我掏出香菸，知道她不會輕易的搭腔，便用取火、點火、深深的吸菸，這一串沉默的動作的遷延，裝作還不曾發覺她有甚麼異樣。這樣可以使她發現我並沒有心虛，沒有甚麼犯了過錯的感覺，本構不成生氣的條件，也許她想想也就算了。

車在入睡之後會如此清爽潔淨的馬路上疾馳。等着她搭話等不到。好像我還從來不曾見過馬路路心的白線，原是這樣的浮動，宛如一條無盡的履帶。疾速得帶着鬼氣的，起伏的弧飛過來。

這樣坐直着身體，定定的瞪住前面，恍如被一種甚麼規矩在轄制着。心很灰冷，樂維君，妳本不是庸俗的婦人，而此刻，這麼樣的婦人起來！很清晰的，我在感覺着心臟被一個甚麼沉重的物體掛住向下墜着，墜着……

我開始覺得自己一點點的被蒙冤上來。

我做了甚麼？我妨害着誰了？對于羅元的我那些綺想算得甚麼？我對她的扶助和導引，豈不足以將功折罪！？有誰——我是說那般和她接觸過的男人們——有哪一個不是一味的只想享受她？玩她？有誰肯于像我這樣為她憂煩？

「如果妳丟不掉另外的那個妳——被浮華文明屈服着，被貪戀塵世的慾望上了癮的那個妳，妳就丟掉藝術！」有誰肯這樣義正詞嚴的苛求她？看在男人眼裏，除去供你睡覺便別無用途的這個WY，你傻瓜一樣的幹嗎管她別的甚麼！

「我會的，」她能溫馴得使你不忍心懷疑她會有假。「我會。」她是這樣的重複着。設若她欺騙你，她會堅決的說：「我絕對做得到！」以便讓你放心。然而她只柔柔的回覆你：「我會。」顯得那樣軟弱，似乎拿不定她能否做得到。「妳忍受得了？」有誰肯這樣不容情的對待過她？「我會的，可是需要你給我勇氣。」她曾跟誰這樣的求援過呢？我的那些動情，為何不可以？我給她她所急迫需要的，只要那是出自她的那個真我，為何不可？我不以為我的愛給予她，就會扣除我對于自己妻子的愛……。我叫我自己回想和樂維君初識的一些情景……不由得感到人生的千篇一律，不容人跳脫出那麼一條僵直的死路。難道人就不能夠另覓一條路去走走麼？種種耀眼的樂維君的那些容貌，一笑、一顰、羞了、嗔了……何等的天使！那是從光帶裏跳躍出來的繁複的色彩和彩度，兔起鶻落的飛着，旋轉，迎面撲打過來，多眩人的璀璨啊……街燈照地，再映進車子裏來，從她那張側臉上明明暗暗的劃過。每一明亮的瞬間，不還是那麼的稚氣如天使一樣的光潔嗎？歲月不多，確是不足以風化了她的甚麼。像她那樣的美度，也確是不應該讓落塵給汙染了的；哪怕是污染了一根髮絲！

然而在那個每一交替的沉暗的瞬間裏，她還會是那麼的稚氣如天使一樣光潔麼？是否一如恁樣的色彩在黑暗裏都不復存在？令人何等泣傷于那麼一個女孩必須庸碌到塵世裏去，我聽見自己可憎的太息……。樂維君，妳並不是安于命運的！

車窗雖已搖攏了，但是仍然感覺從哪兒灌進溜溜的尖風。一種襲人的羞恥，來自偶然瞥見的司機後視鏡子裏一閃的眼睛。我們從不曾有過這樣的冷戰，尤其不曾讓任何人窺伺到我們有過甚麼齟齬。然而，其實又有甚麼呢？誰也不認識誰，待會兒數過車資，各走各的，誰知道誰呢？但總是感到被人窺伺去牀笫之私似的蒙羞。

也許便是因為這個——為甚麼要給另一雙眼睛窺伺去妳的不淑和我的甩蛋——惱恨在我的裏面衍生起來……

一時之間，感到一切都沒有甚麼好信託的了。差不多是近乎發誓的樣子，沒有倫次的跟自己下起狠心來。我們就此了斷，了結了罷，憑妳這樣絕情的不肯理我，那就沒有甚麼迴轉的餘地，不會再回復甚麼了。不是甚麼情分都沒有了麼？從來從來我們不曾如此絕情，也許我們根底上就不曾愛過，不然我們不會這樣子經不住一些些風雨。

好像驀然的清醒過來，自覺神志澄淨，悟見自己一向這麼顢頇，直到此刻，我檢查不出曾在做丈夫的分上有過針尖大的虧負。你一直是這麼寵她、嬌她，美其名為忠實，結果只是慣壞了她，好似過分嬌養的孩子，經不得一點病菌感染。你如果終日花天酒地，和你妻族中的那些操有神權一般的男性一樣，今晚上何至如此！你的所謂忠實，所謂節操上無一殘缺，怎樣呢？你給了她「婚外閹者」那個保障，僅僅不過證明你對別的女人無能罷了。你的一切努力，原不過是徒勞一場！

鑰匙插進門鎖裏，我的手停下來，回過頭去警告她：「妳頂好不要讓毛毛感覺到。」

我想，溫和的面孔還是隨時拿得出來的，尤其是對自己的孩子。

但她根本就沒有睬你，臉朝着巷口那一頭，好似不勝其寒的跺着脚取暖。

好嘛，妳還不曾氣得把寒冷都置于感覺之外。那分明是在存心的苦惱人了。

沉迷在電視裏的毛毛，連喊你一聲的工夫都抽不出來，哪裏還有餘情欣賞你的臉色溫不溫和，這就是現代的孩子！

傍着毛毛，我長長的舒一口氣坐下來。聽見樓梯上她那不很善意的脚步聲，着力的一步一步踏上去。

即使，真的，我對羅元真的佛洛伊德起來，妳這樣就可以嚇阻得了嗎？適得其反，妳沒有過這樣的愚騃。妳這樣會把本沒有的事弄出事來的，而且會弄得很糟……我在想着，待會兒如何對付這個被慣壞了的女人。

然而多麼無味呀！心中只管一味的記恨着她的這個不該，那個不該。一個被鬱結着的忽然無比的瑣碎起來的男人！

在樓梯上陌生的錯身而過。回到樓上，我不要到臥室去，也不要換鬼的睡衣。非常時期，挺到畫室的躺椅上，聽着她同毛毛說說笑笑，重又感到畫廊門前她同別人招呼而獨獨薄待于我的那種冷情。不成，我要擺出一副舒適得要命的姿態，點起菸斗，雙脚高高的架到剛剛開一點頭的石雕上。我也有權利這樣苦惱苦惱人，不是嗎？而且不必裝做怎樣怎樣，我得使自己真正的快活起來才是，犯不着幫着人家來給自己氣受。

主要的，我想，還是因為我們從不曾這樣的鬧過氣，以至一下子就嚴重到不可終日的樣子，想到整天價吵鬧為生的夫妻，不知有多少人在過着這種悶死人的日子，多不好消受！

頂好我能夠就這樣的睡着，打起很響的呼嚕，惹她不得不過來喊醒你，或者給你加牀毯子，我是十分有這樣把握的，不過那會把她給氣死。

總之，我發誓，是妳開的頭，也得妳來收場。我是無辜的。設若妳不主動的過來言和，咱們就這樣摽下去。天下沒有甚麼過不去的事。睡在這裏，那是嘔氣的話，畫一個通宵還是可以的，才十一點過幾分，大有可為，然而不忙，既然慢慢的感到樂觀起來，就這麼躺着罷，把甚麼都扔開，想我的畫……

聽見樂維君走進來，我數着拖鞋趿拉趿拉的脚步，聽不出一點猶豫的意思，想必是準備得很齊全了。我瞇上眼睛，菸斗熱熱的握在手裏，覺得很安全。我激勵自己說，你是受降者。

其實氣已消去。好比兩國交戰，打到議和的地步，當初挑起戰端的仇恨早已淡去了，只剩下面子。我聽見她坐在斜對面的畫案上，有木器被壓擠的嚓嚓響聲。大約畫案高了一些，脚不着地，有隻拖鞋掉落到地上。那末妳該開口了罷？我想像不出，樂維君，伴我十一個年頭的女人，在我的眼裏是一條透明的熱帶魚，我太清楚妳，這樣的光景，妳能出出甚麼樣的惡聲呢？妳那種特有的總是充溢着愉悅的音色，怎麼能變出另一種調子？就像妳眼底的笑紋，怎麼能構成怒容呢？

咚咚咚的，甚麼在敲擊。好嘛，用我雕像的小鐵鎚，挑釁的敲着畫案，我還在傻等着遞過降書來呢，沒想到投降者一變而成為敲響木鐸的法官，宣佈開庭了。我張開眼來，木木的瞅着她。

「很精彩嗎？」她冷冷的問過來。那一對眼睛從沒有這樣的魔鬼過。雖然笑紋依舊。

「妳認為，還是我認為？」

「要甚麼認為哪，感覺到精彩不就夠了嗎？」

那是一種造作的柔和，分明那兩片嘴唇發白，呼吸也有些迫促。

我取過菸絲盒子裝菸，默默的念着方才樂觀得早了些。看她那麼樣的來勢，只怕不易輕鬆的過去。

「有甚麼？」我靠回椅背上，對天噴出長長的一口煙。「一個人，必須俗淺才像個太太樣子是罷？」

「早就俗淺啦，怎麼今天才發現！」

「樂維君，有理好生講，不要這樣胡纏——」

「我有甚麼理好講！既然有人那麼超塵絕俗，我算甚麼？有理也無理了……」說着，那兩處眼窩紅了上來，眼睛也開始晶瑩。

「早要知道妳也在乎這個——」

「你不必後悔，來得及的。你還管誰在不在乎幹嗎？放心罷，不會有人礙着你……」

我看，這樣不可理喻的辯嘴下去，廝扯到天亮也不會有甚麼結果。可是能有甚麼辦法呢？不管怎麼說罷，她是頭一回使我感到幻滅。真的，為甚麼做了婦人就必須如此呢？人就必須這樣的服膺于命運麼？我的忠實，專情，到底有否意義和價值，太值得懷疑。

「有甚麼？妳想想，到底發生了甚麼？可能發生甚麼？」

「是呀，是不可能嘛，我知道太荒謬嘛，但是我痛苦，我受不了……」

眼淚從那兩頰上涔涔流下。有一滴落在畫案上，聽來比鐵鎚敲擊還要震驚人。而她聽由那兩行淚流着，晶亮的懸在尖下巴那裏也不去管。好像能夠忍着不抹一下眼淚，便不算哭，也沒輸給人。

「我不知道被妳曲解成甚麼了。」我說。

當然，這樣說來，心裏多少有些不實在。

「那跟曲解無關。」她斷然的說。

怎麼與曲解無關？有關的很呢，雖然有些心虛，然而任憑羅元忽的那麼妖相起來，不管那是她有意，無意，那麼的令人難以抵擋的魅惑，我還不是抵擋了！不是麼？難道必須無動于衷才算數？但是我們談的甚麼，妳知道嗎？何等莊嚴！就算整個談話會的人都在曲解這個，又該怎樣？我才不放在心上。然而了解我如是之深的妻子，怎麼也可以這樣！

「一個人，能夠無為，才能無不為。我不在乎人家怎麼想。」我嘲弄的笑笑：「既然無關曲解，那就有關疑心了，是罷？」

「還用得上疑心嗎？我又不是瞎子，誰不看在眼裏！那麼色迷迷的——」

這話說得未免太重。「這是從何說起！」我拍一下躺椅扶手，我是真的惱了。不過，也只是嘴硬罷，心裏不覺有些暗暗的恐慌；她就有那麼厲害的眼睛，被她看出來了？那個瞬間裏，是的，我知道自己有恍惚不可自持的那種感覺，那樣的美色，我跟自己說，很簡單呀！舉手之勞便可以了，唇與唇相去如此之近，中間一無阻隔和障礙，決不是身體不具那種一下就可以挨近去的動作機能。我幾乎是在幻覺的期待着自己，也許我的體內原本潛伏着一種癲癇，趕在這個瞬間觸發出來；或者就是那樣罷，就會感到腦門轟然黑下來，一個崩潰，然後完成，我看到自己和羅元扭絞在一起如兩條花蛇，猥褻的戰索着……滿足嗎？然而何等可怖的激漩！緊緊攀在渦流邊緣的危崖，我是寧可大聲呼救了。從非瘋狂到瘋狂，原只是鄰座這樣的挨近，如同就這樣吻過去的這般容易。割耳的梵谷，我認得你了。

然而，女人，妳用「色迷迷的」侮辱着人！但我依然心軟下來，我看到她那雙眼睛不知為何閃着悸怖的綠光，為何我使我的女人忽成這樣的一頭畏縮的小獸，我不該這樣的驚嚇了她，為何我不多苛求自己一些？況乎我是確曾那樣幾乎不可自持了一下。

「好罷，妳說說看，我是怎樣色迷迷的？」

我仰靠到椅背上，安頓下來等着她。

但她緊皺着眉根，一派不解的樣子瞅着我。

「誰說你色迷迷啦？誰說你啦？真是！」鐵鎚跟着敲到畫案上，「我說怎麼一下氣成那樣，把人嚇死了。」

「那妳管她色迷迷不色迷迷的幹嗎？」

「我看不慣，我討厭，一個女人怎麼可以那樣的下賤！生平我還是第一次開了眼界。」

「那就對了；」我說：「做一個畫家，妳只留一對眼睛就夠了——而且是冷眼。幹嗎妳要庸人自擾的沉進去？」

我慢慢的感到寬心。彷彿確知了颱風暴力中心業已過境，雖然風雨似仍依舊。

「我倒以為我犯了甚麼滔天大罪。」在身旁的一方黑大理石上，我輕輕的磕着菸灰。

「你推得好乾淨！」

「推甚麼？本來就是乾乾淨淨，此心可以天鑑。」

「你好老實是罷？」

假若這也是一種恭維，我看沒有哪個男人樂意身受。

「從沒有老實過。」我說。

「恐怕那個人從來沒有那麼老實過——手讓人摸來摸去，動都不敢動。」

「妳又迷信那些情報。」她那時分明上樓去了。

「單巧我用的不是耳朵，是眼睛——這一回。」

「單巧妳不在場——」我忙着頓住，發覺自己怎麼會這樣糟糕。

她不言語，可是比言語更迫人的逼視着你，一臉詐詐的歹意。

「別那麼冬烘；授受不親是罷？」我說。

「總是小處着手了呀。好的開始，還愁不成功一半嗎？」

「得了理妳就不饒人！」我咬咬牙。

然而我知道，她已消氣。她那個人經不住氣的；要不平心靜氣下來，她哪裏有這麼咄咄逼人的辭鋒！

「我可從來沒跟妳計較過這些。」我總不能老是屈居捱打的劣勢罷，也讓我來反反手看。「平時，妳跟他們隨便哪一個單獨出去看電影、逛書店、買東西，我在乎過？時常我回家，妳說誰誰來過，跟妳窮聊了一個長半天，我過問你們聊些甚麼了嗎？明知道我不在家，跑來找妳聊天，我疑心過誰嗎？」

「原來你也記了我不少的賬！」

「就以方才來說，妳單獨的跟凌老闆上樓去，看甚麼鬼的北京狗！單身漢住的地方妳也去，我在乎了嗎？」

「我心裏沒有鬼。」

「怎見得我就不是『無為無不為』？問題不在這裏；妳壓根兒就缺乏信心——對我們的愛情生活。」

「還有甚麼賬目沒有？不妨一次了結清楚。」

「別廢話。」我說。猛力的抽着菸斗，從騰騰的煙裏冷眼看着她。

「還漏掉一筆；」她酸酸的說。「跟一個身分不明的男人遊八卦山。」

「去妳的醋瓶子！」

「又我是醋瓶子了！」她撇撇嘴，好不屑的樣子。

我看，女人只有這個本領，沒有理好講的時候，就用重複你的話來表示她的不服和輕蔑。

「總之，你也並不清白，……」下面她說了她的方言，我聽得出來，大意是廟裏求籤的那種兩塊腰子狀的筶木，一塊落地成不了卜。近乎一個巴掌拍不響的意思罷。

「我聽不懂妳們那些土話。」我逃避的說。

然而她說話的聲氣，我是十分懂得的；或者說，我太熟悉。那種忽然降落下來的柔和，甚至嬌癡，跡近于純屬兩個人之間專用的熱線的聲氣，那是第三者聽不去的。你自然會領會到那是允許你，乃至唆使你，你儘管放肆好了。得了罷，我才沒那麼知趣。

「那你跟她又賣弄甚麼洋文？」

「誰賣弄！造謠生事！」我想都不想一下的回了她。想不到她又找出新題目來。她說她親耳聽到，我則堅持沒有。當然沒有，多羞恥的事，賣弄洋文！兩個人竟為這個爭執起來。

「你一定得承認。」她是一再的這樣纏着你，灌藥一般的逼着你下嚥她的栽誣。哪與這樣硬賴人承認說過不曾說過的話！沒有道理的。

「好了，就算說過罷；」被她糾纏得無可如何，我說：「那也算不得甚麼。」

「是算不得甚麼嘛，幹嗎還抵賴！」

這真叫你啼笑皆非。

「那個人還記得罷，第一次跟人家認識，就撇起洋文，甚麼 Drouant 測驗法，又是甚麼 Cezanne 啦，Van Gogh 啦——」

「那又怎樣？」這才我一下子想起跟羅元談到過 Marie Laurencin 她們那幾個女畫家。「那是我的感覺；那樣我才覺得真真實實的說到了那個人，意識到那個人。就像柴原雪不如ミバハラユキ更能夠代表她那個人。」

話雖如此，然而想到初識時，請她和周南南午餐，那樣急于留給她最佳印象的種種光景，不禁自覺臉紅起來。

「我就知道那個人的毛病；對人家一動情，就要舊病復發，我太清楚那個人了。」

「鬼話！別這麼糟蹋人罷。」

「當然你有權老着臉不承認。」

她從畫案上滑下來，脚試着去認地上的拖鞋。無論如何，一場在我們十年多愛情生活裏從不曾發現過的風暴，總是過去了罷。

要說她這就要投懷送抱的過來就你，自然還早了些。不是還不曾使她的面子回來麼？那是不能再堅持你的尊嚴的。乘她走過身旁時，我拉住她，狠狠的拉她倒我身上來。

「第一次，看到這個人也有一張魔鬼的面孔。」我刮着她鼻子說。

「你不要弄錯，魔鬼的面孔才是最漂亮的；要不，也不會把那個人迷成那樣，神魂顛倒！」

「我倒以為兩個人熬不到天亮，就非吹不可了呢——瞧那個人氣成那個樣子。」她被揭短得轉過臉去。「那該怪誰！」

「妳是個勝利者，該有泱泱大度。整個的這個人，甚麼甚麼都被妳佔領了，還要怎麼的貪得無厭！」我說，「我要看看，這個醋瓶子到底裝多少醋……」

「不要！」

她把你的手打開，人掙脫了跑出去。

一股壅湧上來的心熱……

我呼着：我的女人！

我癡癡的望着那邊，那是樂維君的畫架，黑絲絨底子上尚未完成的一幅晚霞。我的女人，我自然知道我要做甚麼，應該而必須去做甚麼。然而當妳膝彎裏那個甜甜的窩窩，不再魅惑我指尖上的衝動，那並不就是我對妳的愛起始落潮，全然不是。一個晚霞和另一個晚霞，同是一樣的美得迷人；只是一場風雨過後的那個晚霞，會是美得異樣，美得另有一種淋漓。

我知道的；我知道自己在暗算着。當愛慾升起，你無能禁止自己在自設的幻境裏，藉着這個人的身體去獲致另外的一種饜足。乘着盲點上羅元留給你的那麼明銳的影像尚未模糊的一刻，你去實感罷，去在樂維君的身體上獲得羅元罷……

你將不至有何恥感，也不必自辱你的猥瑣和懦怯。美德之完成，你是立意從一而終的。而女人們，沒有一個不樂意你以WY誥封她，由是而更且愛你。

「你不厭倦——對它們？」她拿着你的手，來去的熨在她尚未把衣物穿回去的身體上。

「三千寵愛在一身！」我緊緊摟住我的女人。「美的追尋，永不厭倦。」

你看到豐富的滿足。微笑的唇角間，閃亮着她那別緻的小虎牙的光澤，那裏，却又同時吟哦着一種苦楚。

然而我感覺着——從未有過的感覺，在人類裏，你懷裏的這個女人，乃至所有的女人，一概的多麼的異類！一種幻化的崇物，虛設的，假的，不實的，屬于盲點上那種並不實存的色覺，迷人的精靈，時常化身為所有的你的女人……除掉你的妻子。這也是一個真理麼？你的妻子從不曾闖進你的夢裏。

雖然如此，我仍呼喚着我的樂維君，我呼喚我的羅元，呼喚我的林安娜，我的寒星，我的周南南……

尚有其她……………………

以及其她……………………

一九七〇・三・二三・拂曉

附錄

評介

畫夢紀——朱西甯的小說藝術與歷史意識

王德威

傳道者專心尋求可喜悅的言語，是憑正直寫的誠實話。

——《聖經》．〈傳道書〉[1]

從一九五二年的短篇小說集《大火炬的愛》到二〇〇二年的《華太平家傳》，朱西甯先生共出版了二十部中短篇小說集，七部長篇小說，及六冊散文集。他的創作歷程長達半個世紀，每個階段無不見證台灣文學發展的轉折。他對文字事業的精心專注，他對生命信仰——美學的、政治的、神學的——的虔誠事奉，還有他所引領出的家族、門生創作隊伍，早已是文學史的一頁傳奇。

朱西甯的文學啟蒙早於一九四二年。抗戰烽火不能中斷一個少年的文學嚮往，而一冊張愛玲的「傳奇」儼然開啟了他以後數十年的緣法：「我開始戰慄如一個初臨戰場的新兵，拿起了我的筆。」[2]但在亂世中創作，談何容易？一九四九年朱西甯投筆從戎，隨軍來台，一直到七二年才提前退伍。他的盛年，多半投注在保衛台灣上。與此同時，他寫作不輟，而且頻創佳績。今天我們耳熟能詳的作品，如《鐵漿》、《破曉時分》等，都早在六〇年代初即已寫出。

在《華太平家傳》出版前，識者評論朱西甯的成就，基本著重他早期的作品。他的軍中體驗，鄉愁情懷，還有他的反共信念，為他贏來了諸如「軍中作家」、「反共作家」等稱號。這些稱號在彼時也許無傷大雅，然而時移時往，卻沾染了揶揄甚至負面的意識，久而久之，連作家本人也在乎起來了。[3]

為作家貼標籤、排座次當然是文學史等而下之的做法；朱西甯的成就也的確不必局限於此。弔詭的是，台灣當下的文學加政治如此粗暴專斷，乃至以自噬其身為代價。在朱西甯一輩的作家已被排擠到典律的邊緣之際，眼前無路想回頭，那些曾讓朱本人都敬謝不敏的稱號，反而成為我們進入文學史論辯的新據點。我以為，「軍中」、「懷鄉」、「反共」正是朱西甯小說藝術得以成其大的基礎，而這三個稱號所投射的一段台灣歷史及歷史想像的因緣，尤其值得我們深思。沒有戰亂，何來軍中？沒有流離遷徙，何來懷鄉之思？而國共（乃至獨共）的對立，更貫串了二十世紀中國政治、倫常義理的激烈思辨。所謂中國「現代性」的糾結，自此方才浮現。

本文將分為三個段落。第一，我以「軍中」、「懷鄉」、「反共」三題，對照朱西甯的寫作志業，並重新辯證其美學及歷史意義。第二，我就以往對朱西甯作品寫實主義／現代主義的觀察，提出個人看法。我以為儘管六、七〇年代之交，朱有意回應了方興未艾的現代主義實驗，他的「現代」感卻未必僅來自於斯。反而是他早期及晚期的「寫實」作品，才更值得一觀。第三，我以為朱西甯的歷史寄託，最終以極個人方式美學化、神學化為一創作——甚或創世——寓言。五十年倥傯，總成一夢。但對於像朱西甯這樣虔誠的基督徒而言，這「夢」卻不必是虛無之夢，而是參看現世，通往神恩的方便法門。早在一九七〇年朱即有《畫夢紀》問世；一九八六年又寫《黃粱夢》。但有後出版的《華太平家傳》才算是他的詳夢之作。《家傳》不妨是一本夢書。

1

朱西甯以私淑張愛玲開啟創作事業；張參差對照，不事「飛揚」的美學，自始就深植在他的信念中。然而朱卻響應了時代號召，從軍入伍，之後竟以「軍中作家」行世。此中的張力，不言可喻。在講究一個口令、一個動作的環境裏，作家要如何「參差對照」？創作究竟是任務，還是「天才夢」？更重要的，國勢如此危疑不安，軍人枕戈待旦唯恐不及，何以有閒推敲紙上文章？[4]

時代的造化不由得我們不承認，五、六〇年代海峽形勢儘管劍拔弩張，殊死決戰的場面畢竟少見。在等待戰爭的空檔，一批年輕的作家應運而生，而且各顯神通。在那樣的時空裏，他們化不可能為可能，其實是台灣文學史應當引以為傲的現象。朱西甯是這一現象的部分。他在國家使命與個人藝術間的擺動，從最早的《大火炬的愛》（一九五二）到退役後才完成的《八二三注》（一九七九），歷歷可見。唯一不變的，是他對一種紀律的追求。他從事寫作的堅誠恆毅，不禁讓我們想起《八二三注》中，那個天天清晨跑五千公尺的「長人」營長；不急不徐，一以貫之，即使八二三砲火最猛烈的日子，也不例外。[5]

軍中作家的題材，毋須僅局限於軍中。正因為身處暴力與非理性生活的核心，作家反而對生命中「惘惘的威脅」，有了更深刻的體諒。一九六七年，張愛玲回應朱西甯致贈的《鐵漿》，饗以《張愛玲短篇小說集》，題記「給西甯——在我心目中永遠是沈從文『最好的故事』的小兵」。[6]張不愧慧眼獨具。她提到沈從文及其小兵故事，不啻將朱西甯的境界陡然放寬。沈從文十四歲至十九歲隨軍閥隊伍轉戰湘西。他雖然在離開軍隊後，才致力寫作，但六年的行伍經驗始終是他作品的重要母題，從《我的教育》到《邊城》到《長河》，莫不如是，謂沈為「軍中作家」，誰曰不宜？[7]

但朱西甯不同於沈從文。沈是在遍歷軍閥戰爭最殘酷的血腥後，轉而創造了自己靜定的世界。朱西甯卻是在漫長「等徒」流血的過程中，琢磨（乃至消磨）對戰爭的感知。試看《大火炬的愛》，習作意味雖濃，但一股悲憤急切的情緒躍然祇上。二十八年後的《八二三注》，則可見相當不同的寫作策略。朱視這場一九五八年的戰爭為台灣生死存亡的保衛戰，但下筆卻有意避開制式寫法，轉而專注於「性情的真實」。張愛玲式的調教，依舊隱約可見，但胡蘭成那套把驚險化為驚豔的哲學，才更有以致之。八二三的漫天砲火於是成為一場「止戈為武」、「以戰練兵」的思想操練，一種滿天花雨的「自然」風光。[8]

就書論書，我不認為《八二三注》，是朱西甯最好的作品。它呼應胡蘭成式的明豔「正氣」，反而架空，而非叩問，任何戰爭作品所不能不觸及的無明與殺戮。[9]但這本立意去掉火氣的戰爭小說，卻是台灣軍中文學的轉捩點。等待反共三十年了，等到領袖大去，美匪建交。當年熱血從軍的少年，都白了少年頭。這場聖戰最後的敵人竟是時間，是青春肉身的漸漸衰靡。《八二三注》的核心講的其實是個子承父業的故事。它的敘事不論多麼處變不驚，甚至多麼如朱所謂的「安穩」、「可愛」，揮之不去的是世代接棒的憂疑。朱西甯之後，我們所見的是眷村子弟文學，是老兵文學。三十功名塵與土，八千里路雲和月，軍中作家的感喟，可以若是。

即使在作為軍中作家的盛年，朱西甯最優以為之的是鄉土小說。他隨軍渡海來台，不能忘懷的正是去國離鄉之痛。發為文章，在在可見沉鬱睽違的深情。依此線索，晚年的《華太平家傳》仍然可以視為找尋救贖之作。

我在他處已曾論及，鄉土小說是現代中國文學最重要的課題之一。它不僅反映一代中國社會結構的變動，也坐實了一種文類——寫實／現實主義——的基礎信念。原鄉的渴望往往與原道的憧憬相隨而來，彷佛召喚了鄉愁，也就得以回歸那安身立命的真理與真實。但我也一再強調，所謂的原鄉，未必只是地理與籍貫的指涉，也有其想像欲望的層面：唯有歷經（或預見，擬想）鄉土的失去，才有了鄉愁的悵惘，才有書寫鄉土（以及回歸鄉土所投射的道統）的衝動。由家鄉到遐想，這一後設架構，可以謂之「想像的鄉愁」（imaginary nostalgia）。[10]

鄉土小說的寫作，由魯迅首開其端，至三、四〇年代成為文學大宗，作家如沈從文、蕭紅、吳組緗、沙汀等都各有所貢獻，而左翼作家藉用鄉土意象，號召「原初的激情」（primitive passions），也一樣引人側目。[11]朱西甯接續了此一傳統。他收於《鐵漿》中的小說，狀寫家鄉種種，細膩傳神，就算未曾親歷目睹，也烘托出濃郁的、理當如此的迫切感。而藉著懷鄉的姿態，朱更要一抒憂國感時的塊壘。這在他日後的自剖中，均一一托出。[12]

六〇年代以來，台灣以本土是尚的鄉土文學逐漸興起。在黃春明、王禎和等人崛起之前，朱西甯（和他的同儕如司馬中原、段彩華等）的位置已然確立。他在鄉土論述由「思故土」到「念本土」的轉換中，扮演了關鍵角色。但朱西甯對鄉土的興寄，顯然更有甚於地方、國族色彩的描摹。前此我已指出，朱西甯搬演鄉野景觀，使之成為人性掙扎、欲望消長的舞台。從《鐵漿》、《狼》到《旱魃》都可為例。「凋敝動盪的村鎮，固使朱常興天地不仁的浩嘆，但不能阻止他探勘人性深處的善惡風景。」[13]他的鄉土小說因此絕不止於懷念故土而已；它間接透露了小說家（及讀者）詮釋、超拔歷史環境的不同敘事手段。在這一方面，他的宗教信仰應發揮了重要的中介功能。

對於切切要以鄉土書寫來檢驗政治認同的評者而言，朱西甯的題材、風格也許不足為訓。這些評者就著鄉土指認國土，其姿態的僵硬跋扈，一如他們所要批判的三、四〇年代「中國」鄉土作家。我無意為朱西甯過分撇清；他的鄉土信念畢竟也其來有自，而在七〇年代鄉土文學論戰中，他也曾發聲表態助陣過。[14]但有鑑於《華太平家傳》的出版，我們終應了解，越到晚年，朱所在乎的豈只限於此岸彼岸的分野？文字才是他最後的原鄉。[15]《家傳》的寫作始於兩岸開放探親之後，那無可捉摸的鄉愁反而愈發似近實遠。朱西甯窮十年之力，數易其稿，為華族世家作傳，與其說是藉文學寫家史，不如說藉家史來「寫」文學。懷鄉作家的最後一程，是回到千百頁的紙上文章。朱西甯不必是批評家。但他的懷鄉寫作，出實入虛，反而直透前所謂的「想像的鄉愁」最深沉的一面。

朱西甯又嘗被稱為「反共作家」。這一稱號望之堂皇，卻不無貶意。原因無他，文學理應為自完自足的美學、倫理事業，何能與意識形態掛鉤?朱對此的不以為然，當然可以理解。但我曾辨論，「反共文學」雖有其歷史局限，卻不必總是淪為口號或應命文學。恰恰相反，正因政治及理念的前提如此勢不可遏，它反能驅使作家窮極生變，發展另類的創作方式。其極致處，可以肇生千言萬語，即用即棄的虛無八股；也可以肇生尖誚激切，捨此別無其他的血淚控訴。兩者都包含了一種詭異的，存在主義式的敘述姿態。[16]

朱西甯少小離家，歷經抗戰剿匪，他所懷抱的國仇家恨，自然他下筆義無反顧。但朱的反共竟有一層審美思考，這就使他異於多數同儕了。而他的反共繆思不是別人，正是張愛玲。朱曾娓娓敘述初讀張愛玲的《秧歌》、《赤地之戀》的震撼。對他而言，張的反共，「遠遠的超越了單純的政治態度、仇恨態度……不唯愛著那些受苦的善良的農民，更給予那些一樣被迫害的共黨幹部們的悲劇命運以崇高的憐憫」。[17]不僅此也，朱更認為「『反共』毋寧是局限了她的境界」。張的悲憫，甚至讓朱聯想到「基督的人格」；被釘上了十字架猶自「呼求：『父啊、赦免他們，因為他們不曉得他們在做什麼。』」[18]

朱西甯就此揭露了他的反共心事。循著張愛玲的路數，他推出了反共不等同於愛國的結論——「用民族氣節之類來丈量她的境界，顯然是以小乘去界縮她的大乘」，所以張的《秧歌》與《赤地之戀》找不出「一般的習慣概念所期待的那種所謂的愛國情操」。[19]張的反共真諦，來自她的「民族愛心」，「那樣純純粹粹的中國」。[20]這是相當美學化的結論，細細研究，與彼時當令的官方反共論述貌似而實異。寫此文時的朱西甯（一九七一）應尚未親炙胡蘭成的學說，但我們已然看出張、胡兩人可能在他身上交鋒的痕跡。我以為張愛玲的反共文字之所以驚心動魄，其實來自於她刻意規避「民族愛心」——。她的「缺乏愛心」，她的「自私」，反而參差對照出「那樣純純粹粹的中國。」[21]但朱西甯所心儀的張愛玲如此大中至正，似乎更趨近胡蘭成的理想，也無怪日後兩人一拍即合。

胡蘭成的反共願景以「文明劫毀，王道好還」為重心，遠遠超越，或逃避，國家論述。[22]有意無意間，他將朱西甯的想法更加審美化，形上化。但儘管胡的反共形上學如何明媚流轉，總予人託空之感。此無他，他信的是「大自然的五基本法則」，是靈通息感，或不客氣地說，是他自己。相形之下，朱西甯除了張愛玲（及胡蘭成）之外，更有堅實基督教教義為其反共辯證的後盾。前引「基督的人格」一例，可以為證。以有神論對抗無神論，朱的美學寄託最終導向一終極神恩皈依，他的反共也自然不能囿於狹隘意識形態的鬥爭，或神祕的胡派學說。他毋寧是以傳道人的姿態，由言語彰顯人心唯危，兼之祝願天啟。也因此，他的《華太平家傳》可視為他回溯現代中國來時之路，總結——或預設——反共史觀及宗教信仰的最後表徵。

2

在近年有關朱西甯的論述中，常被涉及的話題是他創作中期風格上的轉移。閱讀朱的作品，尤其早期傑作如《鐵漿》、《破曉時分》等，我們不難看出他描寫世路人情的深刻與世故。他之被列為「寫實」作家，可謂良有以也。自六〇年代中起，朱的風格有了明顯變化。從《貓》（一九六六）到《春風不相識》（一九七六），約有十年左右，朱將他眼光轉注於現代社會的浮光掠影，筆鋒也顯得靈活多姿起來。創作者感時觀物，推陳出新，原是常態。朱西甯一向注意文字形式的錘鍊，他力圖超越現狀，並不令人意外。與此同時，台灣鄉土與現代文學之爭已漸浮上檯面。面對後起之秀的種種實驗，以及社會環境的變化，朱所做的回應，點明他不願缺席的心意。

於是有了像《貓》寫青春心事，《畫夢紀》寫欲望與藝術糾結這樣的小說。在短篇作品裏，〈冶金者〉探勘人性風景的險惡變幻；「羅生門」式的多觀點敘述，瓦解真實或真相的承諾。〈蛇〉以內心獨白方式，托出心象與物象間的差距。至於常被討論的〈現在幾點鐘？〉則直指當下時間的焦慮，浮世男女的無所寄託。還有語言溝通的疲憊玩忽，更是不折不扣的現代主義風格。

近年力圖讓朱西甯趕上「現代」列車的努力，可以見諸張大春〈那個現在幾點鐘——朱西甯的新小說初探〉一文，以及朱天文為《朱西甯小說精品》所寫的〈導讀〉等。張認為朱西甯反寫傳統小說的情節、主題、人物的成規，激進處甚至早於王文興。「小說不是寫他的奇遇而是描述創作本身的奇遇。」[23]而朱天文以家人及同業的眼光，也驚異朱西甯能把「無聊寫到讀起來津津有味的地步，以致有這樣敏銳逼近當代的時候！」[24]這些評論當然言之成理，朱西甯的一番苦心孤詣，總算不被埋沒。但我以為比諸當時作者的百家爭鳴，朱的努力仍有其限制。以上所被表揚的幾部作品，到底還太容易讓我們看出「現代主義」的標籤痕跡。〈冶金者〉令張大春聯想到芥川龍之介的〈竹藪中〉，而〈現在幾點鐘？〉隱然與林懷民的《蟬》一類的作品呼應。大部頭的小說如《畫夢紀》，意圖藉四個女性探討四種接觸欲望與藝術表現的方法與局限，則顯出力不從心之感。

朱西甯向現代敘事法則靠攏的例子，讓我想起了前已論及的沈從文。三〇年代中沈已憑《邊城》等作，成為鄉土文學大家。一九四一年沈任教於西南聯大時，寫出《看虹錄》。此作以一流動的敘述聲音，描寫主人翁如何在雪夜讀到一本奇書，如何因此進入一個浪漫（想像）情境，又如何在男女情挑中引出一則獵鹿的欲望寓言。故事結尾，敘事者發現所讀之書已化為灰燼。而一切不過是「一個人二十四點鐘內生命的一種形」。[25]我們不難想見寫《看虹錄》時期的沈從文，對生命現象的焦慮（戰爭只是其一），對理性主體的反動，以及對文字傳達欲望、意義的高度猶疑。沈未必有意識的與現代主義對話，但他顯然明白非大破無以大立。《看虹錄》之後數年的作品，如〈水雲〉、〈青色魘〉等，都是這類努力的結果。而《看虹錄》的情欲描寫，竟引來郭沫若「桃紅色作家」之譏（一九四八），間接導致沈四九年春天自殺未遂事件。[26]

但我仍以為沈的現代主義試驗淺嘗輒止，無以讓讀者看出他的潛力。這裏也許有識者所謂土法煉鋼，事倍功半的問題。我倒覺得，如果「現代」的基本定義是打破成規，自抒新機，自為的創造其實遠勝於對外來風——又一種成規——的刻意追求。對此我在論晚清小說「被壓抑的現代性」中，已經有所申論。[27]但另一方面，「現代」之所以成為一種風格，甚或一種主義（！），必定有其歷史動機。對此創作者可以無所會心，但評論者則有義務再加以觀照。我以為沈從文的成就，並不取決於他是否曾寫過現代「主義」的作品，而更在於作為一位「現代」作家，他的現代意識如何顯現——即使在他運用看似安穩的寫實傳統時，他所流露的「歷史的不安」，[28]已經鬆動了那看似地久天長的現實基礎。[29]

沈從文的例子促使我們在更寬廣的架構中，重思朱西甯所具有的現代意義。他被籠統歸類為寫實小說——尤其是鄉土寫實小說——的作品，有許多精采片段遠遠超過「那個」〈現在幾點鐘?〉如果現代性的要素之一，來自於對時間（歷史）順序崩裂的深刻體認，那麼試看〈破曉時分〉，我們不禁要說這豈不是一個隱而不彰的〈現在幾點鐘?〉的故事?這一故事有其原型，與宋話本〈錯斬崔寧〉、明擬話本〈十五貫戲言成巧禍〉一脈相承。故事裏的小商人因搭救一位唯恐被夫所責，寅夜出逃的小妾，陷入陰錯陽差的冤獄。到了朱西甯手裏，古老的「說話人」聲音不復得見，代之以一初出茅廬的年輕衙役的敘述。在混沌不明的夜盡時分，在迫供喊冤的嘈雜聲中，年輕衙役見習了他官場的第一課。

我們可以把〈破曉時分〉當作一個啟蒙故事來讀，[30]也可以就角色的內心衝突，或故事所揭露的不公不義，論述此作的心理或社會寫實意義。但〈破曉時分〉之所以讓我們震撼，更在於朱西甯對人之所以為人，對人與荒涼也荒謬的命運間的糾結，所做的無情剖析。情欲、生殖、嗜血、死亡將人性降低到生物的本能層次，而另一方面，層層制度禮法又形成另一種人間存在的殘酷條件。破曉時分，天地幽冥，一場誤判生死的官非重演了最原始的代罪儀式。作為讀者，我們無言以對，「啟蒙」與否，正是不談也罷。只要比較此作宋、明的前身，朱西甯的「現代」位置，立刻跳脫而出：這個故事最終要追問的，是人在時間的一個模糊焦點上，對生命的有限領悟，以及隨之而來的無限惶惑。

循此我們重讀《鐵漿》裏，孟昭有喝下滾燙的鐵漿，以肉身作賭注，為兒孫爭得家業，就不能不惑於其中的勇氣與荒謬。柯慶明教授論〈鐵漿〉，謂其充滿了「血性人物」與「命定環境」的悲劇氣息，確是一針見血之論。[31]再往前推，我們則可見人作為一種經濟動物，與環境所鑄造的命運之輪（Wheel of Fortune）間，所做的種種交易。孟昭有為兒孫犧牲，未料千萬家財還是被兒孫輕易敗光。他機關算盡，逃不過生產模式的轉變（火車取代了人力運輸），也逃不過一種名叫「現代」的機器神（deus ex machina）吞噬。他的生飲鐵漿成了人與機器相爭，最尷尬的時代見證。

一九七〇年，就在朱西甯實驗現代主義文字同時，他推出了《旱魃》。這部小說講述了一則信仰與救贖的故事。小說的主人翁唐重生作惡多端，娶賣藝女子秋香後竟一改舊習，皈依基督。唐未幾遭暗算而亡。其時天旱不雨，村人疑唐已遭旱魃附身，鼓譟開棺驗屍。在前此的討論中，我強調此書的宗教啟悟意義，在於見證「沒有」神蹟的出現。[32]唐重生痛改前非，皈依基督，只是救贖的前奏。一直要到他身後曝屍示眾，弭平旱魃之說，他的謙卑與寬恕，才算完成。

只有參破有形的生命與消亡，還有人與神恩的有限交易，所謂神性才油然而生。朱西甯寫信仰的「誘惑」，以及信仰的荒謬堅持，每每近於存在主義式的辯證，他的宗教寓言因此極具前衛風格。除此，我以為《旱魃》也形成與同期〈冶金者〉、〈蛇〉一類作品的對話關係。小說的核心，包含一層有關現代「除魅」與「召魂」工程的弔詭辯證：光天化日，到底有沒有鬼，與到底有沒有神，一樣成為不能聞問的難題。相對於〈現在幾點鐘？〉式的虛無遊戲，《旱魃》裏鬼影幢幢，祛之不盡，似乎道出現代意識更為複雜的一端：因為歷史與記憶的陰魂不散，我們對現代的追逐——或現在幾點鐘？——才顯得更患得患失起來。

七〇年代以來，朱西甯與胡蘭成密切往還。胡吹出一股又一股的王道正氣，儼然要驅散歷史幽靈。在某一個意義上，胡蘭成的學說層層推疊，曲徑通幽。他所要遮蔽的，與他所要開示的，其實也已成為一種「現代」論述——而且是最頹廢的一種品牌。我所要強調的是，至此朱西甯已經顯出他是個有強烈現代意識的作家，至於他屬於哪個鐘點，或哪個派系，似乎已不是最重要的問題。

3

朱西甯創作生涯的後期雖寫了不少長短篇作品，但最重要的成績，當屬身後出版的《華太平家傳》。此書長達五十五萬字，在台灣文學一片輕薄短小的九〇年代，大約只有東方白的《浪淘沙》與李永平的《海東青》可堪比擬。有關朱如何創作此書的過程，包括數毀原稿，外加蟲蠹之災等，已經成為一則新的傳奇。然而我們應該記得，《華太平家傳》並非朱唯一的長篇鉅製。《家傳》最初開筆是一九八〇年，在此前一年朱推出了《八二三注》，更長達六十餘萬字。而《八二三注》寫作的過程也頗可觀。朱始於一九六六年，三易其稿，數次擱淺，方才完成。此書一九七九年付梓，從頭至尾，也是十三年的工程。[33]

我將《八二三注》與《華太平家傳》視為朱後期創作啟與闔的兩個座標，或要引來識者的不同意見。因為兩作在題材、風格、敘事結構等方面，看來都大相逕庭。《八二三注》寫的是台灣保衛戰，而《華太平家傳》則遙想大陸一段並不太平的太平盛世。但我以為此兩作間微妙的對應關係，可以再做考察。在《八二三注》的後記裏，朱西甯一再表明不欲重複戰爭小說的窠臼；他追求的是「意境」、是「自然而客觀」的呈現。[34]回顧共產黨的作為，朱直指其「峻急躁進、緊張造作」的弱點，而內省《八二三注》原稿廢棄的文字時，他「見出自己的浮躁火爆」；真正的戰爭小說，絕不以寫出槍林彈雨為能事，而是亂中有序，於平淡中見「自然」。[35]

我認為，《八二三注》正是《華太平家傳》創作的起點；前者所揭櫫的理念，由後者演繹完成。由戰爭到和平，由烽火連天到「一片安詳悠然，文風不動」，[36]朱西甯最最後二十年所默默從事的，是建造這一美學及政治烏托邦。他要將「亂世」融為一更寬廣的「太平世」裏。那裏的戰爭，是止戈為武的戰爭；那裏的和平，是「怎樣大難臨頭，他自不驚」的和平。[37]唯其如此，共產黨「峻急躁進」的革命建國方式，才能自曝其短，消弭於無形。是在這個意義下，我們才能說朱始終是個自成一格的「反共」的、「軍中」的作家。

這裏為朱西甯做接引的關鍵，自然是胡蘭成。《八二三注》棄火氣，皈「自然」，已可見胡的點撥之功。至於《華太平家傳》裏《今生今世》的影子不斷浮現，已然被學者指出。[38]朱西甯相信，千劫如花，儘管大難將至，一股雍容之氣，充塞中國民間。但朱胡還是極有不同。黃錦樹在他的專論裏早已看出，胡成的「神樂革命新案」再怎麼清平堂皇，建立在一矛盾的殺心兵氣上。天地不仁，「不殺無辜是人道，多殺無辜是天道」；胡的著作中「總帶有一股召喚更大的劫毀的不祥的兵氣與妖氣」。[39]朱西甯如若有知，必是要對黃搖頭苦笑。然而只要並讀《華太平家傳》與《今生今世》，我們不難發現，講反璞歸真，講氣定神閒，前者畢竟要勝一籌。而朱西甯以「家傳」入手，不事高來高去的「建國要義」，基本是回應了儒家那套以仁為本的，最安穩踏實的倫理基礎。

但我的用心不在批判胡蘭成而已。評估朱西甯後期作品的意義，應是將他放到一更寬闊的文學史的脈絡中做觀察。《華太平家傳》，甚至在其之前的《茶鄉》、《牛郎星宿》，所召喚的那種「意境」，可以連鎖到早期現代中國文學的抒情傳統。這一傳統至少包括了許地山的宗教啟悟小說（〈玉官〉、〈商人婦〉尤其可以為例）、葉紹鈞的童蒙教育小說、周作人有關地域風格的小品、廢名的田園小說，卞之琳、何其芳早期的詩歌、蕭紅的飄流敘事，當然，還有沈從文大量的鄉土傳奇及札記。將這一傳統開得更大，胡蘭成的散文及論述，以及中共建國後，孫犁、劉紹棠等曇花一現的鄉土小說，也應羅列在內。這些作品的文類、風格相當不同，但對照五四以來寫實、啟蒙、革命的主流論述，它們展現了「非主流」視野。我以抒情名之，並不只意味著這些作者輕描淡寫，好自為之的姿態。我認為在他們最好的作品裏，這些作者對他們所追隨，或所反對的現實／真理，提出了有情觀照，恰與那「峻急躁進，緊張造作」的主流論述相反。在看似此路必通，或此路不通，的歷史單滿道上，他們停頓下來，或張望，或岔出，或回頭，而他們賴以表達立場的方式無他，文字的琢磨而已。他們的興趣駁雜，對文字的執著卻始終如一。在一片「文學反映人生」的口號中，這些作家回到「詩」以言志的根本。「安閒」、「安穩」的鄉野、民間、日常生活是他們常訴求的時空造像，徜徉其中的，卻總有一個並不乏批判意識的抒情主體。這是他們對抗現代性的方法。與此同時，他們也必成為現代性辯證的一部分。[40]

我不認為朱西甯必得有意的操作這一抒情抱負。然而即使在其早期作品中，我們已得見他對形式的追求，遠遠超過模擬「寫實」初衷。藉著張愛玲與胡蘭成的接駁，他意外的在台灣賡續了一個五四的「反」傳統，而且是慢功細活，大器晚成。世紀末的台灣一片喧嘩騷動，日新又新，朱西甯的孤軍奮鬥，絕不「峻急躁進」，果然是個異數。放眼彼岸，汪曾祺以後，鍾阿城及筆記小說派的作者如何立偉等也曾致力抒情敘事，卻未必有朱西甯所蘊積的那樣的常識和從容，以構築一個革命時間表以外的中國。[41]往回看去，朱西甯是以《華太平家傳》來注他心嚮往之的八二三精神，來注他的文學夢土，那「純純粹粹的中國」。

在本文篇首，我稱《華太平家傳》為一本夢書。藉著書寫，朱西甯回顧家族及國族來時之路，並將平生的文學感悟，化作筆下的有情天地。無巧不巧的，他在世出版的最後一部重要作品，正名為《黃粱夢》（一九八七）。《黃粱夢》寫一個老兵探親故事。

故事中的主人翁早年從軍，來台三十六年落地生根，白髮還鄉，這才發現不但當年髮妻猶自求節盼望，自己竟已兒孫滿堂。然而很奇怪，在彼時一片探親文學熱潮中，此作非但不催人淚下，而且冗長累贅，宛如喃喃自語。

我對《黃粱夢》卻情有獨鍾。在故事的中心，分離多年的老倆口一見如故。他們知情守禮，彷彿時間的殘暴，不能摧折人間倫理親情：「到得晚上，久別三十六年的生分，兩人又熟得很，親得很了……居然一如昨夜」。[42]不僅如此，環顧家鄉人事，朱的主人翁更驚喜於所見「民性的別來無恙，那倒不必小氣的局限在什麼民心項背上頭，有得元氣就是人心不死，猶如花木琳瑯，儘管各有性情，莫不向上，向陽，向善」。[43]

乍看之下，《黃粱夢》是八股得可以。朱西甯有意藉探親故事印證胡蘭成的禮樂中國想像，尤其令人側目。他越是以小觀大，閒話家常，越流露了自己的一廂情願。硬要把雞毛蒜皮看成「花木琳琅」，他畢竟缺乏胡的修為；他太實在。但他的絮絮叨叨，不厭其詳，卻寫出了另一種可能。在極其寫實的風格下，這本書是有意為之的夢囈。朱以《黃粱夢》名之，已經不乏自知之明。剩下的工作，是怎樣為這個夢自圓其說。小說一場夢境一遭，朱緊扣所本的唐傳奇，連烹煮黃粱／小米粥的細節都不放過。所有探親返鄉的「好天氣好情懷」，盡被化作尚未成行的假寐，或不堪回首的臆想而已。時間錯置，記憶解放，山河歲月，今生今世，看來只宜夢中取景。《黃粱夢》所隱伏的虛妄與悵惘，不言可喻。[44]

我認為《黃粱夢》是朱由《八二三注》過渡到《華太平家傳》的重要作品。戰爭遠去，老兵不死，只是——返鄉權作台胞（而且暗裏猶從事胡蘭成式的反統戰工作）。原來反共革命還有這等尷尬曖昧的時刻。胡蘭成好談人間煙火，但這未必是他願意觸及的層面了。如何克服不請自來的時間斷裂，人事已非的問題，朱必得另闢蹊徑。因此我更認為《黃粱夢》的結尾不帶來驚夢，而是由夢入夢，回到更幽渺（或更清明？）的欲望／記憶原鄉。這是一項大工程。《黃粱夢》一夢之後十年，朱西甯全力寫作《華太平家傳》；島上一切的喧暗蠢動，包括他的兩個作家女兒如何沉浸在大廢不起的荒人哲學，或如何口乾舌燥的呼喚眷村兄弟，似乎都可淡然以對了。

夢從八〇年代倒回至清末民初。《華太平家傳》中的主人翁華寶善與沈大美質樸無文，但各憑一己的「大信」與「貞觀」，引領我們進入華家家史。朱西甯的敘事典雅細膩；他喚停時序，轉而娓娓道出人事剎那風景，每有舊小說的筆意。他的敘事者——五歲的小孩華太平——又能穿過時空及記憶的限制，追記未得親歷的往事，則為全書帶來淡淡奇幻色彩。在現代開始的彼端，朱西甯儼然有意回到時間的原點，重新來過。恍惚之中，《黃粱夢》中的老夫老妻好似在世紀初始，找到他們的前身。歲月靜好，韶華勝極，回首一切，即幻即真，可正是浮生若夢。

有關《華太平家傳》的優點缺點，方家已紛紛論及。[45]文本分析，不是本文的重點。作為一本夢書，華太平或朱西甯到底要寫什麼夢，我們則仍可稍置數辭。在他迤邐展開的原鄉長卷裏，朱藉心中典範人物，點染理想歷史圖式。他的一片民國江山，最後落實在鄉野、民間、日常生活的實踐上。這是他抒情的極致了。而這抒情的極致，借用沈從文式的話來說，就是生命「神性」的顯現。[46]

十九世紀末的文康眼見禮崩樂壞，寫下了《兒女英雄傳》。小說講的是止戈息武，妻賢子孝，宜室宜家的故事。文康力倡儒家親仁愛物的真諦，終極意義則落在「蘋蘩日用」、「道統倫理」上。[47]又一個世紀末，朱西甯回首家國煙塵，寫出他的家傳。「兒女」與「英雄」如華寶善與沈大美者，只出落得更平凡，更謙卑。文康或是朱西甯這樣的作者都有一肚子的不合時宜，卻都苦口婆心，無時或已。他們的小說不只言情，更在說理，更在詳夢。而夢最後的歸宿，就朱西甯的宗教背景而論，是西體中用，耶儒合一。

一九八一年，何其芳（一九一二——一九七七）當年膾炙人口的散文集《畫夢錄》（一九三六）重被印行出版。何在題記寫道：

舊式繪畫小說的畫夢者，大抵都是這樣一套筆墨，頭倚在枕上，從那裏引出兩根繚繞的線，像輕煙向上開展形成另一幅景色。作者自謙的說：他畫夢的手法不外如此，一個一個的夢，有時像一朵白色的花輕盈的飄滿地上，有時又像一滴雨幽深的滴進夢鄉。或則鬱結苦悶，如大江之岸的蘆葦，空對東去的怒濤，或則宏亮，彷彿從夢裏驚醒了的鐘聲，思索著人的命運。[48]

何其芳的文字，不脫三〇年代的美文風格。但如果明白他在《畫夢錄》後一年即轉向左翼，逕赴延安，浮沉紅潮四十年，我們對他晚年的再版題記，就必須另眼相看。何其芳曾嚴厲批評自己早年的抒情詩文，謂之反動墮落。多年以後，他卻要以幽幽的筆調，回顧前塵，有若畫夢：左傾以前的夢？還是左傾以後的夢？

朱西甯也許讀過，也許沒有讀過《畫夢錄》。在七〇年代初他兀自寫下了《畫夢紀》，藉此他有意藉繪畫及文字符號來寫一則人與夢想的寓言。如前所述，這部小說不算成功，然而朱西甯的畫夢之志，未曾或已。三十年後，《華太平家傳》問世。朱似乎正像何其芳筆下的畫夢者，引出「繚繞的線，像輕煙向上開展形成另一幅景色……一個一個夢」。朱天心則把《家傳》比作，「一幅緩緩展開的清明上河圖」。[49]但朱西甯的看法要比這些深邃。他曾經「畫」過大火炬的夢，春城無處不飛花的夢，獵狼獵狐的夢，冶金者的夢，破曉時分的夢，黃粱夢的夢，千迴百轉，盡皆歸於華太平的夢……。在各種「夢的解析」

之間，我們回看《畫夢紀》的題記，或許會赫然發現，早在當年，朱西甯已為他自己的美學及歷史信念，寫下了最適合的註解，宜乎作本文的結語：

上帝是光。這光在黑的底子上驅色，屬於印刷術上的翻陰，屬於底片，在黑的底子上顯形出來。

而人的繪畫根性於叛逆，恰與上帝的繪畫相反；人在白色的宣紙上潑墨。

而無論這是誰的繪畫，黑向白的層次，或者白向黑的層次，兩者之間總是長程，須用光年丈量，何止墨分五色！而夢，便就沉浮於這迢遞無際的長程。

太極太初，無始之始，而至萬代，而至永世⋯⋯[50]

二〇〇三年三月

注釋

1《聖經》，〈傳道書〉，第十二章，十節。

2朱西甯〈一朝風月二十八年──記啟蒙我和提升我的張愛玲先生〉，《微言集》（台北：三三，一九八一），頁一二。

3朱西甯〈豈與夏蟲語冰？〉，《從四〇年代到九〇年代：兩岸三邊華文小說研討會論文集》，楊澤主編（台北：時報文化，一九九四），頁九三─九八。亦見我的回應，〈一隻夏蟲的告白〉，《從四〇年代到九〇年代》，頁九九─一〇四。

4見我的討論，〈一種逝去的文學？──反共小說新論〉，《如何現代，怎樣文學？：十九、二十世紀中文小說新論》（台北：麥田，一九九八），頁一四一─五八。

5朱西甯《八二三注》（台北：三三，一九七九），頁四四五─五一。

6朱西甯〈一朝風月二十八年〉，頁一九。

7有關沈從文的創作經驗，見拙著 *Fictional Realism in Twentieth-century China: Mao Dun, Lao She, Shen Congwen* (New York: Columbia University Press, 1992), chapters 6, 7。

8朱西甯〈後記〉，《八二三注》，頁八九二─九四。

9有關胡蘭成思想的解析及批判，見黃錦樹〈胡蘭成與新儒家──債務關係，護法招魂與禮樂革命新舊案〉，《中山人文學報》第一四期（二〇〇二年四月），頁八七─一〇九；〈世俗的救贖世？──論張派作家胡蘭成的超越之路〉，《中山人文學報》第一三期（二〇〇一年十月），頁六三—八三。

10 Wang, *Fictional Realism in Twentieth-century China*, chapter 7.

11 Rey Chow, *Primitive Passions: Visuality, Sexuality, Ethnography, and Contemporary Chinese Cinema* (New York: Columbia University Press, 1995), p.26.

12 朱西甯〈豈與夏蟲語冰？〉這裏朱將他的鄉土小說完全解釋為微言大義的寓言之作。

13 王德威〈鄉愁的超越與困境——司馬中原與朱西甯的鄉土小說〉，《小說中國：晚清到當代的中文小說》（台北：麥田，一九九三），頁二八〇。

14 回應葉石濤於一九七七年〈台灣鄉土文學史導論〉以台灣為中心的立論，朱西甯於〈回歸何處，如何回歸〉文中抗議：「這片曾被日本占領經營了半個世紀的鄉土，其對民族文化的忠誠度和精純度如何？」見尉天驄編《鄉土文學討論集》（台北：遠景，一九八一），頁二一—九。亦見我的討論，〈國族論述與鄉土修辭〉，《如何現代，怎樣文學？》，頁一五九—八〇。

15 當然，作為虔誠基督徒，朱西甯必視文字為天啟的媒介，通達神恩的方式。

16 見拙作，〈一種逝去的文學？〉。

17 朱西甯〈一朝風月二十八年〉，頁一七。

18 同前註，頁一八。

19 同前註，頁一一。

20 同前註。

21 見拙作，〈三個饑餓的女人〉中的討論，《如何現代，怎樣文學？》，頁二二六—二二七。

22 見黃錦樹的討論，〈胡蘭成與新儒家〉，〈世俗的教贖？〉。

23 張大春〈那個現在幾點鐘——朱西甯的新小說初探〉，《張大春的文學意見》（台北：遠流，一九九一）。

24 朱天文〈導讀〉，朱西甯《朱西甯小說精品》（台北：駱駝，一九九七），頁四。

25 沈從文《看虹錄》，《百年中國文學經典》卷三，謝冕，錢理群主編（北京：北京大學，一九九六），頁二八六：也見錢理群的討論，《對話與漫遊：四十年代小說研究》（上海：上海文藝，一九九九），頁一四六—五三。

26 有關沈從文的自殺，見凌宇《沈從文傳》（北京：北京十月文藝，一九八八），頁四一六—二五。

27 王德威〈沒有晚清，何來五四？——被壓抑的現代性〉，《如何現代，怎樣文學？》，頁二三—四二。

28 Harry D. Harootunian, *History's Disquiet: Modernity, Cultural Practice, and the Question of Everyday life* (New York: Columbia University Press, 2000).

29 張愛玲的「寫實」小說，也是極好的例子。

30 侯健〈朱西甯的破曉時分〉，《中國現代作家論》，葉維廉編（台北：聯經，一九七九），頁三〇七—二九。

31 柯慶明〈附錄：論朱西甯的《鐵漿》〉，朱西甯《鐵漿》（台北：三三，一九八九），頁二四六。

32 見拙作，〈鄉愁的超越與困境〉，頁二九五。

33 見〈後記〉，《八二三注》，頁八九一—九六。

34 同前註，頁八九三。

35 同前註。

36 同前註，頁八九四。

37 同前註。

38 張瑞芬〈以父之名——朱西甯《華太平家傳》〉，《聯合文學》一八卷七期（二〇〇二年五月），頁一五四。

39 黃錦樹〈胡蘭成與新儒家〉，頁一〇六。

40 Wang, *Fictional Realism in Twentieth-century China*, chapter 6.

41 高行健的《靈山》則代表了現代中國文學另一種敘寫遊蕩的抒情主體的形式。這一傳統可以上溯至《老殘遊記》，郁達夫及艾蕪的小說。李永平的《海東青》亦可以就這一傳統觀之。

42 朱西甯《黃粱夢》（台北：三三，一九八七），頁二八。

43 同前註，頁四八。

44 朱天文的故事〈帶我去吧，月光〉，也寫了探親與夢的關係，因此可與此作做對照閱讀。

45 見如李奭學〈千年一嘆——《華太平家傳》〉，《聯合報・讀書人》，二〇〇二年四月二日；廖炳惠〈家庭或國家的傳說〉，《中國時報・開卷週報》，二〇〇二年三月十二日。

46 Wang, *Fictional Realism in Twentieth-century China*, chapter 6.

47 見胡曉真的討論〈蘋蘩日用與道統倫理——論《兒女英雄傳》〉，「明清文學與思想中之主體意識與社會」國際學術研討會宣讀論文，中央研究院中國文哲研究所主辦，二〇〇二年十月二十二—二十四日。

48 何其芳〈再版題記〉，《畫夢錄》，摘自何銳、呂進、翟大炳《畫夢與釋夢：何其芳創作的心路歷程》（貴陽：貴州人民，一九九五），頁二〇。

49 朱天心，〈《華太平家傳》的作者與我〉，朱西甯《華太平家傳》，（台北：聯合文學，二〇〇二），頁一四。

50 朱西甯〈題記〉，《畫夢紀》（台北：遠流，一九九〇），頁六。

朱西甯作品出版年表

◆小說類

短篇

作品	時間	出版社
1 大火炬的愛	一九五二年六月	重光文藝出版社
2 鐵漿	一九六三年十一月	文星書店
	一九七〇年四月	皇冠出版社
	一九八九年七月	三三書坊
	一九九四年三月	遠流出版公司
	二〇〇三年四月	印刻文學出版社
	二〇一八年十月	九州出版社（簡體版）

3 狼

一九六三年十二月　大業書店
一九六六年十一月　皇冠出版社
一九八九年九月　三三書坊
一九九四年三月　遠流出版公司
二〇〇六年四月　印刻文學出版社
二〇二一年五月　北京日報出版社（簡體版）

4 破曉時分

一九六七年二月　皇冠出版社
一九八九年十二月　三三書坊
一九九四年二月　遠流出版公司
二〇〇三年四月　印刻文學出版社
二〇二一年四月　河南文藝出版社（簡體版）

5 第一號隧道

一九六八年十月　新中國出版社

6 冶金者

一九七〇年四月　仙人掌出版社
一九七二年四月　晨鐘出版社
一九八六年十月　三三書坊

7 現在幾點鐘	一九七一年二月	阿波羅出版社
8 奔向太陽	一九七一年十二月	陸軍出版社
9 非禮記	一九七三年五月	皇冠出版社
10 蛇	一九七四年七月	大地出版社
11 朱西甯自選集	一九七五年一月	黎明出版社
12 春城無處不飛花	一九七六年五月	遠景出版社
	一九七九年五月	三三書坊
	一九八九年三月	遠流出版公司
13 將軍與我	一九七六年八月	洪範書店
14 將軍令	一九八〇年一月	三三書坊
	一九九四年三月	遠流出版公司
15 海燕	一九八〇年三月	華岡出版社
16 七對怨偶	一九八三年八月	道聲出版社
17 熊	一九八四年七月	皇冠出版社
18 牛郎星宿	一九八四年八月	三三書坊

19 新墳	一九八七年八月	文藝風出版社（香港）
20 朱西甯小說精品	一九九九年五月	駱駝出版社
21 現在幾點鐘——朱西甯短篇小說精選	二〇〇五年一月	麥田出版社

長篇

作品	時間	出版社
22 貓	一九六六年十一月	皇冠出版社
	一九九〇年八月	三三書坊
	一九九四年二月	遠流出版公司
	二〇二一年十一月	印刻文學出版社
23 旱魃	一九七〇年四月	皇冠出版社
	一九九一年三月	三三書坊
	二〇〇五年六月	印刻文學出版社
	二〇一八年十月	九州出版社（簡體版）

24 畫夢紀	一九七〇年八月	皇冠出版社
25 春風不相識	一九九〇年七月	三三書坊
	二〇二一年十一月	印刻文學出版社
26 八二三注	一九七六年八月	皇冠出版社
	一九七九年四月	三三書坊
	二〇〇三年四月	印刻文學出版社
27 獵狐記	一九七九年七月	多元文化公司
	一九八四年二月	三三書坊
28 林森傳	一九八二年六月	近代中國出版社
29 茶鄉	一九八四年十月	三三書坊
30 華太平家傳	二〇〇二年二月	聯合文學出版社

中篇

作品	時間	出版社
31黃粱夢	一九八七年七月	三三書坊

◆散文類

作品	時間	出版社
32鳳凰村的戰鼓	一九六六年七月	台灣省新聞處出版部
33朱西甯隨筆	一九七五年六月	水芙蓉出版社
34曲理篇	一九七八年九月	慧龍文化公司
35日月長新花長生	一九七八年十二月	皇冠出版社
36微言篇	一九八一年一月	三三書坊
37多少煙塵	一九八六年六月	台灣省訓團

◆其他

作品	時間	出版社
38紀念朱西甯先生文學研討會論文集	二〇〇三年五月	聯合文學出版社
39台灣現當代作家研究資料彙編朱西甯	二〇一二年三月	國立台灣文學館

INK PUBLISHING

朱西甯作品集 07

畫夢紀

作　　者　朱西甯
總 編 輯　初安民
責任編輯　陳健瑜
美術編輯　陳淑美　黃昶憲
校　　對　呂佳真　朱天文　朱天衣　陳健瑜

發 行 人　張書銘
出　　版　INK 印刻文學生活雜誌出版股份有限公司
新北市中和區建一路249號8樓
電話：02-22281626
傳真：02-22281598
e-mail:ink.book@msa.hinet.net
網　　址　舒讀網 http://www.inksudu.com.tw

法律顧問　巨鼎博達法律事務所
施竣中律師
總 代 理　成陽出版股份有限公司
電話：03-3589000（代表號）
傳真：03-3556521
郵政劃撥　19785090 印刻文學生活雜誌出版股份有限公司
印　　刷　海王印刷事業股份有限公司

港澳總經銷　泛華發行代理有限公司
地　　址　香港新界將軍澳工業邨駿昌街7號2樓
電　　話　852-2798-2220
傳　　真　852-2796-5471
網　　址　www.gccd.com.hk

出版日期　2021年 11月 初版
ISBN　978-986-387-436-2

定價　330元

國家圖書館出版品預行編目(CIP)資料

畫夢紀／朱西甯 著.
--初版. --新北市中和區：INK印刻文學，2021. 11
面； 14.8 × 21公分. --（朱西甯作品集：07）
ISBN 978-986-387-436-2 (平裝)

863.57　　110007623

舒讀網

國藝會出版中心 贊助出版